神官は王を惑わせる

Tamaki Yoshida
吉田珠姫

CHARADE BUNKO

Illustration

高永ひなこ

CONTENTS

登場人物紹介 ―――― 6

修才邏と周辺の国々での生活 ―――― 7

I　治まらぬ妬心 ―――― 10

II　異国からの使者 ―――― 38

III　冴紗の真意 ―――― 69

IV　見知らぬ地へと出立 ―――― 84

V　凍りつく大地 ―――― 103

VI　氷の大地に住む人々 ―――― 112

VII　花爛帝国の宮殿へ ―――― 141

VIII　理不尽な投獄 ―――― 170

IX　皇帝との会談 ―――― 186

X　聖虹使としての、冴紗の言葉 ―――― 216

XI　無事に修才邏へ ―――― 238

永均と瓏朱姫 ―――― 271

あとがき＊吉田珠姫

あとがき＊高永ひなこ

登場人物紹介

羅剛《らごう》

現修才邏国王。
虹霓教では『虹』に入れぬ最下層とされる
『黒色』の髪と瞳のため、父王はじめ、
国内外の王侯貴族らに蔑まれていた。
だが冴紗を妃に娶ってから、
徐々に人々の信頼を得、
賢王となりつつある。二十四歳。

冴紗《さしゃ》

貧しい地方衛士と
針子の息子として生まれながら、
歴史上初めて出現した虹髪虹瞳のため、
虹霓教の最高位『聖虹使』に
祀り上げられてしまう。
羅剛王と想い合い、
現在は修才邏国王妃でもある。二十歳。

瓏朱《ろうしゅ》

羅剛の母。
美貌と才気を謳われた泓絢国の姫。
萋葩国王子との婚儀の際、
参列していた当時の修才邏国王子、
皚慈によって略奪された。
のちに羅剛を産み、自死。

永均《えいきん》

飛竜騎士団長。
正式職名は修才邏国赤省大臣。
羅剛の剣の師範。
若かりしころ、瓏朱姫が監禁されていた
宮の警備兵をしていて、
姫と心を通い合わせた。四十七歳。

皚慈《がいじ》

羅剛の父。
他国の王子の妃を略奪して
戦争を巻き起こし、
国内では宗教弾圧も行った。
ひじょうに傲慢で残虐な王であったため、
十一年前、近衛兵らに弑殺された。

隴偕《りょうせい》

泓絢国の末王子。
瓏朱姫の歳の離れた弟。
羅剛にとっては叔父にあたる。
冴紗に邪恋をいだき、
媚薬を飲ませて
我がものにしようとした。二十七歳。

修才邏と周辺の国々での生活

赤紫緑など、さまざまな色を髪や瞳に持つ人間が存在する。色を持つ者が高位に就くという歴史の繰り返しで、現在有色者は王侯貴族に多い。反対に平民はだいたい黒髪黒瞳。

動植物は、こちらの世界とほぼおなじ種が存在するが、そのほかに竜、鸓呀《るいが》、騾駝《じゅだ》など幾種類か特殊な生物も存在する。

単位は、基本的にすべてが虹の七色『紫、藍、青、緑、黄、橙、赤』で数えられる。一日は七『司《し》』で、それをまた七『刻《こく》』に分ける（一司が三時間半、一刻は三十分程度）。七日で一週。七週四十九日でひと月。七月三百四十三日で一年。
長さは、大人の男性が立った高さを基本とした『立《りゅう》』で表す（一立は約百八十センチ）。短い長さでは『指《し》』なども使う（指一本の長さ。約八センチ）。

通貨は『光《こう》』で表す。茶が一杯で二光。下級兵士の初年度給金が四千光程度。

人々はおもて名のほかに、『真名』と呼ばれる真実の名を持つ。未来を視《み》る力のある星予見が名づける。配偶者や仕える主《あるじ》以外には教えないしきたり。

宗教は虹を崇《あが》める虹霓教がほとんどの国で信仰されている。国内外に大小さまざまな『神殿』があり、それを束ねる総本山が、麗煌山《りこうざん》山頂に建つ『大神殿』である。

虹霓教聖典第一章二、一より十三

而《しこう》して神、世の七色を用い、天に輝く光の帯を創造《つく》り給《たま》へり。

神、宣《のたま》わく、

「我、此《こ》の光の帯を虹霓《こうげい》と名付け、我が身を表すものと定むるなり。虹霓は天にあり、地にあり、我と世との間の契約の徴《しるし》なるべし。」

神、地の民に向かい言い給ひける。

「七色はあらゆる色であり、虹《こう》は男、霓《げい》は女。総《すべ》てを以《もつ》てして、はじめて全《まつた》き虹霓となれり。

七色に上下なく、虹と霓に上下なし。

汝《なんじ》らも、虹霓の如く総ての者が集《すだ》き、男と女合い補い、初めて全き福祉《さいわい》を得らるるものと心得よ。

他者と争うことなかれ。他者から奪うことなかれ。他者を蔑むことなかれ。

隣人には仁慈《あわれみ》と真実《まこと》を以て接し、つねに愛と善を胸に生くるべし。

然《しか》らば我、汝らに永久《とわ》の喜びを与え、地に限りなき繁栄を齎《もたら》さん。」

I　治まらぬ妬心

礫《つぶて》のごとき雪が、激しく窓を抛《な》ぐる。

近づき、手で窓の水石《みずいし》の曇りを拭って宮庭を見やり、羅剛《らごう》は嘆息した。

……ひどい降りだ。このぶんだと、上空は凍えるような寒さであろうな。

まもなく夕刻となる。飛竜《ひりゅう》に乗り、大神殿に向かわねばならぬというのに、雪はさらに勢いを増しているようだ。

ここは花《はな》の宮《みや》。

荒れる外をよそに、宮内はたいそう心地よい。暖炉は暖かく燃え、焚《た》かれた香は、ふうわりと空気を薫《かお》らせている。

「あらあら。いっこうにやみませんわねぇ」

声に振り向くと、女官長《じょかん》であった。

花の宮は、冴紗《さしゃ》のために建てた宮であるため、主《あるじ》はあくまでも『冴紗』である。冴紗だけに従い、冴紗だけを尊べばよい。修才邏《いざいら》国王である羅剛にもいっさい気がねはいらぬ、と言い含めてある。したがって、宮付きの女官たちも忌憚《きたん》のない語り口で話しかけてくる。

「――ああ。ひどいものだ。このような寒空のなか、冴紗を連れてこねばならぬとはな。可哀相《かわいそう》に、さぞかし寒かろう」

大神殿は、世の最高峰である霊峰麗煌山《りこうざん》の山頂に位置する。大神殿から侈才邏王宮までは、空を駆ける飛竜でも五刻はかかるのだ。

「ですが、冴紗さまは、寒いなどとはおっしゃいませんでしょうに？」

渋面を作って見せてやる。

「言わぬな。ひとこともな。生まれ育ったのが深い森だったからだの、俺が送り迎えをしてくれるのに畏れ多いだのと、いつも謙虚すぎる物言いばかりだ。――じっさい、あれは泣き言など洩《も》らさぬ。なにがあろうと、ひとりで胸の内にかかえてしまうのだ。ついせんだっても、大神殿の私室の暖炉を使っていないことがわかってな。厳しく叱ったところだ。麗煌山は平地よりもさらに寒いのに、だぞ？」

母親ほどの歳《とし》の女官長は、苦笑して肩をすくめた。

「冴紗さまらしいお話ですわね。ほかの神官さまがたのご苦労を慮《おもんぱか》ってのことでございましょう。虹霓教《こうげいきょう》の神官さまと言えば、厳しい修行をなさることで有名ですもの」

「やつらが厳しい修行するのはかまわぬ。好きで神官などになったのだからな。暖炉を使わずに凍えようが、暑さで干乾《ひから》びようが、勝手にしろ、だ。…だが、冴紗までそれにつき合う必要はあるまい」

女官長は、くすりと笑う。

「あいかわらずご心配症ですこと。いつもいつも冴紗さまのことばかり」

「あたりまえだ。心配してなにが悪い。冴紗は虚弱なたちなのだぞ？ すぐに熱を出すではないか。なのに妙に我慢強いときているのだから、たちが悪い。まわりを優先して、おのれのことなど二の次三の次だ。しつこいくらい世話を焼いてやるくらいで丁度よいのだ。──ところで、厨《くりや》の者には、しっかり命じたか？」

「ええ、ええ。もちろんですわ。冴紗さまがお好きなものばかりを作らせてあります。お部屋の支度も湯殿の支度も、なにもかもいつものご命令どおり、きちんと整えてございますわ。ほんに王さまときたら……」

さらにくすくすと笑うので、羅剛はふてくされぎみに言い返した。

「そういうおまえらとて、冴紗が戻る日には、朝からそわそわと、花瓶の花を生け換えたり、新たな香を焚いたり、ずいぶんと落ち着かぬげではないか。気づいておるぞ。おまえら、俺が来てからまだ半刻も経《た》たぬというに、そのあいだだけでも、三度も床を拭き清めておるではないか」

女官長はわざとらしく、こほんと咳《せき》をした。

「しかたありませんわ。冴紗さまあっての、『花の宮』ですもの。お戻りとなれば、みな心が浮き立ちます。お掃除の手も弾むというもの。…本宮《ほんみや》の方々もそうでございましょう? 空気の華やぎが、渡り廊下をへだてたこちらの宮にまで伝わってきますわ」

ふん、と鼻で嗤《わら》ってやる。

「ならば、俺だけを茶化すな。どの者も想《おも》いはおなじだ」

修才邏国王妃と、虹霓教最高神官である聖虹使《せいこうし》。

ふたつ名で呼ばれ、ふたつの大役を果たさねばならぬ冴紗は、二日ごとに、王宮と大神殿を行き来する。

光を弾《はじ》き、足元まで流れる赫奕《かくえき》たる虹の髪。

見つめるだけで吸い込まれそうな、夢幻のごとき虹の瞳。

その麗嫺《れいかん》な姿だけではなく、穏やかで心優しい性質もあいまって、冴紗はみなに尊ばれ、愛慕されている。王宮の者だけではなく、世界中の者たちに。

あらゆる者が冴紗を崇《あが》め、冴紗に従う。

それはたしかに喜ばしいことだとは思う。しかし本人にとっては、逃げようのない重責でもあるはずだ。

ましてや冴紗は、男の身。

『王妃』としては、本来なら着ることもなかった銀服を着け、『聖虹使』としては、世にひとりしか着用を許されぬ虹服を身にまとわねばならぬ。どちらも長く裳裾《もすそ》を引く女の衣装だ。

『聖虹使』は性を持たぬ至上の存在とされるため、男御子《おとこみこ》ならば女姿を、女御子《おんなみこ》ならば男姿を装う風習だという。

むろん女姿は、華奢《きゃしゃ》で線の細い冴紗にたいそう似合ってはいる。いまとなっては、それ以外の姿など想像もできぬくらいだ。だがそれでも、その麗雅な容姿とは裏腹に、本人はかなりのはねっかえりで、幼いころから兵士になりたがっていたのだから、…羅剛としては、やはり憐憫《れんびん》を禁じ得ない。

……虹の髪、虹の瞳など持たずに生まれていたら。あれほど美麗に育たなんだら……。せめてすこしは平穏な人生を送れたであろうに。王宮や大神殿に閉じ込められる息の詰まるような生活ではなく、自由に好きな場所へと行けたであろうにと、考えてもせんないことばかりを考えてしまうのだ。

ふと思いついたように女官長が言った。

「忘れておりました。そういえば、お針子たちからお届け物があったのでしたわ」

ぱんぱん、と手を打ち、

「みなさん！　王さまにさきほどの品をお持ちしなさい！」

はーい、と、かろやかな返事とともに、三人の女官が現れた。手にはそれぞれ衣装箱を持っている。

みな、女官長と同様、忌憚のない口調で語りかけてくる。

「銀服でも虹服でもございませんわね。また冴紗さまの、お忍びの外出着ですの？　崢嶮《そうけん》ふうの、お顔を覆う被《かぶ》り物が入っておりましたわ。先日お作りになったばかりでしょうに」

「枚数もずいぶんとありますわよね？　お着換え用ですの？」

「もうお衣装の宮、第五までいっぱいですわよ？　新たに宮をお建てになりませんと」

女官長よりは若いが、羅剛にとっては姉ほどの歳の女たちだ。

かしましく箱を開け、大卓や寝椅子に並べ始めたので、羅剛も歩み寄った。

「先日作らせた外出着は、いかにも色が地味であったのでな。また作らせたのだ」

言い訳がましくつけ加える。

「おまえらとて、わかっておろうに？　冴紗がひとたび人前で顔や髪をさらしてしまったら、熱狂した民に十重二十重《とえはたえ》に取り囲まれてしまうのだぞ？　俺は、拝む民どもを蹴散らして歩かねばならぬわ」

羅剛は衣装を手で撫《な》で、肌触りをじかにたしかめてみた。

「おお。柔らかいのう。それに、品がよい。色合いも落ち着いている。これなら冴紗に着せてもかまわぬな。——枚数がどうの、と言うたか？　それは、おまえらのぶんも誂《あつら》えたからだ」

女官たちも、さすがに驚いた様子だ。

「私どもの、ですか？」

「ああ。前々から冴紗に街を見せてやる約束をしておったのだが、なかなか連れ出せなんだ。…そこで少々考えたのだ。いくら峥嵘と国交があると言うても、王である俺が、このおかしな被り物をした者ひとりだけを連れていては、さすがに目立つ。その点、数人似たような衣服の者がおれば、峥嵘からの使節団を率いているように見える、とな。…冴紗もおまえらには懐いておる。そばにおれば心強かろう」

女官たちは手を叩《たた》いて歓声をあげた。

「まあ、なんて素晴らしいお考え！」

「冴紗さまも、さぞかしお喜びになりましょう！」

「ええ、ええ。きっとお喜びになりますわ。私どもも楽しみでございます！」

思わず顔がほころんでしまった。

「そうであろ？　はしゃぐ姿が目に見えるようだ」

私どものは、こちらでしょうかしら？　まぁまぁ、寸法もちょうど！　私にも、ですわ。

などと楽しげに服を選んでいる女官たちを満足の思いで見ていたのだが、

「ところで——おまえら、祭りの揚げ菓子というを知っておるか？　以前から冴紗が食べたがっておったのだ。世のあらゆる場所から、菓子など最高のものが贈られるというのに、どうも亡き父母との思い出があるようでな。街に出るのは、それも目的のひとつなのだ」

女官たちは手を止め、首をかしげる。

「ええ。もちろん存じておりますが？」

「冴紗さまのご生家のあたりのお祭りですと、秋の収穫祭ではございませんか？」

「そうなのか？」

「ええ。お祭りの揚げ菓子ならば、ひとつ二光《こう》くらいで買えるはずですわ。いまですと、ずいぶん時期が早《はよ》うございますわね。街の店でも売っておりますかしら？」

二光《こう》、…？　と我知らず口にしていたらしい。そこを突かれた。

「……あら？　もしかして王さま、金子《きんす》をお遣いになられたこと、ありませんの？」

一瞬返事に窮したが、すぐに言い返す。

「ば、馬鹿にするな！　俺は修才邏の王だぞ。金子の遣い方くらい知っているに決まっておろうが！」

だが言い返したことで、かえって墓穴を掘ってしまったらしい。女官たちは顔を見合わせ、憫笑《びんしょう》を浮かべている。

「そう強がりをおっしゃらなくても」

「無理はありませんわ。いちおう王さまなんですもの」

「いちおう、とはなんだ、いちおう、とは！」

からかう様子を見かねたのか、女官長が割って入ってきた。

「およしなさい。一国の王であられるお方が、下々《しもじも》の生活をご存じなくてもしかたないのですよ。街へお出になられないのですから。そういう意味では、冴紗さまとて、金子などお遣いになられたことはないはずですよ？」

助け舟に、うむ、と同意する。

「たしかに。冴紗本人に聞いたことはないが、そうであろうな。あれは、俺などよりさらに窮屈な人生を歩んできたのだからな」

幼いころは貧窮した生活のため、世に出てからは最高位に祀《まつ》り上げられたため、金など自分で遣うことはなかったはずだ。

「あらあら。それではほんとうに、私どもがご一緒いたしたほうがよろしゅうございますわね。下々の私どもが」

女官たちが笑いつつ言うので、羅剛も嫌味を返してやった。

「そう初めから言うておろうが。ついてこいと。——しかし、ほんに、ずけずけとものを言う女どもだ。すこしは自国の王を敬うという気持ちが湧かぬのか？」

とりすまして言い返してくる。

「ですから、王さまは私どもがお気に入りなのでございましょう？」

喉の奥で、羅剛は笑った。

「ああ。気に入っておるな。不本意ではあるがな」

これほど心安く語れる者たちはいない。

以前の羅剛は、生来の気性の激しさと、戦での凄《すさ》まじい戦いぶりから、『荒ぶる黒獣』と国内外から恐れられていた。……いや、忌み嫌われてきた、と言い換えたほうがいいやもしれぬ。

虹を尊《たつと》ぶ世で、黒髪黒瞳《こくはつこくどう》の王など侮蔑と嘲笑の対象でしかなかった。

物心ついたときには母はすでに亡く、父王には疎まれ、臣たちにも腫物にさわるがごとくのあつかいを受けてきた。神国と呼ばれる修才邏の世継ぎの皇子として生まれ、広大な王宮に暮らしながら、羅剛は寂寥《せきりょう》の幼少期を過ごしてきたのだ。

王となってからも取り巻く環境はいっさい変わらず、羅剛自身もおのれを恥じ、世を憎んで生きていた。

すべてが一変したのは、冴紗が出現してからだ。

虹の御子である冴紗が、羅剛を真の王にした。

冴紗を愛し、冴紗に愛されることで、暗黒の人生は色鮮やかなものとなった。

羅剛はさらに嫌味を言い添えてやった。

「俺を恐れず、からかえる者など、世におまえらくらいしかおらぬからの。おまえらとおると、自分がまだ二十四の若僧だと、ほんに実感できるわ」

女官たちはさざめくように笑い返してくる。

「では、ご期待くださいませ」

「これからも、たんとからかってさしあげますわ」

「たんと、とは言うておらぬ。ほんの少々でかまわぬぞ？　おまえらのたんとなど、恐ろしゅうてたまらぬわ」


そのような笑いのなか、――ふいに叩扉《こうひ》の音が。

本宮に通ずる渡り廊下側からだ。数回の叩扉のあと、女衛兵の声がつづく。

「失礼をいたします。王、ただいま、宰相《さいしょう》さまがいらしております」

「ああ？　なんだ？」

顎で開けろと命じると、女官のひとりが小走りに扉を開けにいく。

しかし、機嫌がよかったのはそこまでであった。開けられた扉のむこうに、八人の男を認めたためだ。

宰相のほかに、紫《し》省、藍《あい》省、青《せい》省、緑《りょく》省、黄《おう》省、橙《とう》省、赤《せき》省、七重臣全員が揃《そろ》っている。

羅剛は思わず声を荒らげていた。

「なんだ貴様ら、雁首《がんくび》揃えて！　ここは『花の宮』だぞ？　冴紗が休む場だ。貴様らのようなむくつけき男どもが足を踏み入れたら、宮が穢《けが》れるではないか！　ここには政《まつりごと》は持ち込むなと、何度言うたら覚えるのだ！」

入口までつかつかと歩み、一歩も入るな、という意思表示に本宮を指差す。

宰相たちは申し訳なさそうに頭を下げた。

「むろん存じております」

その殊勝なさまが、かえって怒りの火に油を注いだ。

「わかっておるなら、なぜわざわざ来たっ？　これから冴紗を迎えに行くのだぞ？　俺はおのれの責務は果たしておろうが！　昨日今日と、大車輪で働いた。これより二日は冴紗とともに過ごす日ではないか。貴様ら、言いたいことがあるなら、なにゆえ定例の議会で話さなんだのだ！」

宰相は、おどおどと返してくる。

「ですが……大神殿への冴紗さまお迎えの前に、火急のご報告がございまして」

怒りのままに怒鳴り散らした羅剛ではあったが、さすがに口をつぐんだ。

修才邏では、王と議会がほぼ同等の権限を持つ。

王の一存だけで国を動かしていれば、その国は早晩亡《ほろ》びる。

初代の王が定めた法であるが、ゆえに修才邏は神国と呼ばれるまでに強大な国家となれたのだ。羅剛も、それは重々承知していた。

無愛想に尋ね返す。

「火急だと？　…なんだ？　さっさと話せ」

「はい。唐嶚《とうりよう》と湃廉《はいれん》が、属国の申し出を正式な書面で送って参りました。つきましては、調印のため王と王妃が御国《おんこく》に出向きたいので、ご都合をお聞かせくださいとの内容でございました。私はこれより話を詰めに赴きます」

心底辟易《へきえき》して、羅剛は腐《くさ》した。

「……またか。それも、二国か。まだ泓絢《おうけん》を落として一週ほどしか経っておらぬというに、忙《せわ》しないことだ」

宰相たちの顔を眺め、言うてやる。

「ふん。そう言いたいのは、おまえらのほうらしいな。王と王妃の正式来訪となれば、こちらもとうぜん俺と冴紗で出迎えねばならぬというわけだ。貴様らの国などいらぬとつっぱねるわけにもいかぬし、…痛し痒《かゆ》しだな」

国ひとつが属国になるといっても、簡単に事は終わらぬのだ。

調印を結び、民たちに布令を出し、あちらの国情を調べ、吟味し、改正すべきところは改正させ、…と、ありとあらゆることを調整し、修才邏の国法のもと、変えさせる。

そのため、七重臣は飛びまわらねばならぬのだ。

修才邏、および虹霓教信仰国ではほぼ同様の形態をとっているが、国の政務は七つの部署に分けられている。

『貿易等、諸外国との対外的な業務』を司《つかさど》るのが紫省。

『罪人たちの処置処罰』は藍省。

『農林水、各産業の管理指導』は青省。

『役人たちの採用管理』は緑省。

『民たちの教育指導』は黄省。

『徴税、国庫の管理』は橙省。

『軍の司令指揮』が赤省。

その全省を束ねる位置の者が『宰相』——といった区分だ。

羅剛にもようやく理解できた。

……すべての省の頭が雁首揃えてやってきたということは、それだけ面倒くさいことになっている、という意味か。

さらに、よく見ると全員が正装である。身分を表す各色の外套《がいとう》まで羽織っている。

外を飛びまわる赤省大臣以外の、文官である重臣たちは、めったに外套は身に着けぬのだ。それをわざわざ着けてきたということが、よけい羅剛の苛立《いらだ》ちに拍車をかけた。

「おまえら、激務に忙殺されているというなら、口で言え。ひとりひとりでは、怯《おび》えて俺に直訴することもできんのか！」

怒りは他国へも向かう。

「その、唐嵺とやらの二国も、ほかの国もだ！　使者でも送ってくれば事は済むものを、どの国もどの国も、王と王妃が連れ立ってやってくるのだからな。冬の寒さも収まらぬうちから、…せめて春になるまで待てんのか！」

苦笑ぎみに宰相が返してきた。

「致し方ございません。婚姻の儀に列席できなかった国の者たちは、一刻も早く冴紗さまのご尊顔を拝したいのでしょう。冴紗さまは、歴史上始まって以来初の虹髪虹瞳《こうはつこうどう》の聖虹使さまでございますし、神国修才邏の聖なる銀の月、ご正妃さまであらせられます。目を射るほどのお美しさも、諸国に広く知れ渡っておりましょう」

「俺とて理由はわかっておるわ！　だがそれだけのために、自国を差し出してまでやってくるのか？　冴紗の顔を見るためだけに？」

ならば大神殿に謁見を願い出ればよいではないか、とつづけかけ、先を呑《の》み込む。

大神殿での『聖虹使』姿の冴紗は、仮面で顔を隠している。聖座に坐《ざ》したまま、ただ人形《ひとがた》のごとく神の教えを説くだけだ。

素顔の冴紗を見たいのなら、『修才邏国王妃』の姿のときに会うしかないのだ。

紫省大臣が口を出してきた。

「それだけ、ではございません、王。神の御子さまがご降虹《こうこう》なさり、王妃殿下となられた修才邏に、世のすべての国は従います」

「ええい、うるさいわ！　ご降虹などという不愉快な言いまわしは使うな！　あれは、髪と瞳が虹色だというだけの、ただの人間の、小僧だ！　修才邏は、王の俺とおまえらとでまわしておるのだ。妃《きさき》の座に就いているとはいえ、冴紗は飾りではないか。これ以上、あれに無駄な荷を背負わせるな！」

吠《ほ》えるだけ吠えたが、宰相はじめ重臣たちの沈痛な顔を見ていると、怒りの鉾《ほこ》を収めるしかないこともわかっていた。

みな、できうるかぎりのことはしているのだ。

口では悪《あ》しざまに罵っても、修才邏の臣たちがひじょうに実直で優秀なことは、羅剛自身がもっともわかっていた。

そして、二十歳になったばかりの冴紗が、どれほどの重荷を背負わされているかも、臣たちとて重々承知しているはずだ。

それでも、人々の熱狂は止めようがないのだ。

うねりのように、世は変わっていく。

冴紗を求め、冴紗にすがりつき、苦しみも痛みも悲しみも、すべてが『神の御子』である冴紗なら取り去れると妄信して……。

なかば揶揄《やゆ》で、羅剛は吐き捨てた。

「いったい修才邏の領土は、いまどのようになっておるのだ？　以前、俺が王となったころは、翼を広げた竜と呼ばれたものだったが」

さすがに宰相たちも、肩をすくめた。

「わかりませぬ。地図師がとうてい間に合いませぬゆえ」

「そうであろうな。描き上げたそばゆ、あとからあとから国を差し出してくるのだからな」

深いため息となる。

……俺が戦に明け暮れて、ようやく数国を制圧したというに……。

冴紗はあの麗姿、あのほほえみだけで、いったい何国落としたというのだ？　近隣で属国になっていない国など、まだ残されているのか？

自嘲と虚《むな》しさで噎えてきそうだが、湧き起こってくるのは、それだけではない。

あまりに重い定めを負わされた冴紗への、憐憫だ。

いとしい、いとしい冴紗。

……なにゆえおまえだけが、苦しい定めに生きねばならぬのだ……？

あの、心の清い幼子《おさなご》が、なにゆえ神の御子などと拝まれねばならぬ？

いらいらと羅剛は吐き捨てた。

「それで？　報告はそれだけか？」

「はい。ただいまは、それだけ、でございます」

厭《いや》な言い方をする、と羅剛は顔をしかめた。

暗に、明日になればまたいくつか属国の申し出をしてくるはずですが、と言っているようなものだ。

「ほんにのう！　どの国もどの国も、自国を誇り、守り抜くという気概のある王はおらぬのかっ？　俺とて、戦をしたいわけではないが、いくらなんでも安易すぎよう。――一国だぞ、一国？　貢ぎ物をひとつふたつ贈るわけではないのだぞ？」

そこで、赤の外套の重臣が、一歩進み出て答えた。

永均《えいきん》である。

低い錆声《さびごえ》、武人特有の堅苦しい物言いで、直言してくる。

「お言葉なれど、…王。修才邏《う》の属国となっても、国の名は州の名として残り申す。我が国の庇護《ひご》下《か》に入れば、民を飢えさせることも、他国との戦いをする必要もなくなり申す。いわばけっして倒されぬ巨大な傘の下に入るようなもの。国を思えばこその、ひじょうに賢明な判断でござろう」

羅剛は顔をそむけるようにして手を振った。

「ああ、ああ、もうよい。おまえにまで言われたら、こちらも納得するしかないわ」

永均という男は、剣の師匠であり、亡き母、瓏朱《ろうしゅ》とも想い合った、羅剛にとっては、いわば父のような存在なのである。

「話は承知した。もう引き上げろ。俺は冴紗を迎えにいかねばならんのだ」

さっさと去《い》ね、とばかりに邪険に扉を閉めかけ、言い添える。

「だが……俺としても、国の重臣が揃いも揃って国外の政務に追われていては、かなわぬ。おまえらの下、直属の臣は、各七名か？　…ならば四十九名でも、その七倍でも、いくらでもかまわぬ。増員しろ。その命《めい》が欲しくての、正装であろう？　――まあ、どれほど増やしても足りぬだろうがな」


扉を閉め終え、怒りを息とともに吐き出す。

胸のなかで吹雪《ふぶき》が吹き荒れているようだ。

……どの者も、冴紗さま冴紗さまと……。

花の宮の女官たちが冴紗をかわいがるさまは、ほほえましい。そのために明るくほがらかな女ばかりを集めたのだ。両親を早くに亡くしている冴紗には、親身になってくれる者たちが必要だ。

しかし、男たちが冴紗の名を口にするときは、どうしても邪推してしまうのだ。

自分と同様、冴紗に恋情をいだいているのではないかと。策を弄《ろう》して、冴紗を奪おうとしているのではないかと。

さぞかし不機嫌な顔をしていたのだろう。女官長がじっとこちらを見ていた。羅剛は尋

ねてみた。詳しくは語らずに。

「俺は……どこかおかしいのか……？」

女官長は淡々とした口調で同意した。

「おかしいと言えば、おかしいのでございましょうね」

そうか。見てわかるほど、自分の煩悶《はんもん》は顔に出ていたのか。

花の宮以外では語れぬ話だ。羅剛は思わず本音を吐いていた。

「男どもが冴紗の名を口にすることさえ、厭《いと》わしいのだ。聞いておるだけで苛立ちが湧き起こる。正式な婚姻の儀も済ませておるというに、冴紗がまだ自分のものになったという実感が湧かぬ。…正直に言えば、餓《かつ》えが治まらぬのだ。褥《しとね》をともにし、この腕に抱いておるときは、夢のごとき幸せに酔えるというのに……」

羅剛はおのれの掌《てのひら》に視線を落とした。

「半身が捥《も》がれているようだ。なにゆえ冴紗がおらぬ場で、俺は生きておる？　なにゆえ、愛し合うている俺たちが、離れておらねばならぬ？　…つねに、つねに、つねに、飢えておるのだ。じくじくと、癒《い》えぬ傷口に苦しめられている」

自嘲で唇の端が上がる。

「笑うか？　嗤《わろ》うてみせてくれ。おまえらに嗤われれば、俺もすこしは頭が冷えるやもしれぬ」

しかし、女官長も女官たちも、静かに首を振った。

「御身《おんみ》を嗤える者など、この世にひとりもおりませんでしょう」

「おのれが妬心《としん》の塊のような気がしておるのにかっ？　…気休めはいらぬ。せめて、冴紗が嫉妬でもしてくれれば、俺だけが修羅の道を歩んでいるわけではないと、心を鎮められるやもしれぬが……」

冷たくも聞こえる声で、女官長は返してくる。

「さようでございますね。冴紗さまは嫉妬などなさいませんね」

我が意を得たりと、羅剛はうなずく。

「そうだ！　そうなのだ！　妬心などまったくいだかぬのだ。…冴紗は先日、嫉妬というのはおのれより上位の者に対していだく思いだと、言うておった。そのときは俺も、納得したのだがな」

「冴紗さまがそうおっしゃったのですか？」

「ああ。俺が他の男に嫉妬すると言うたら、それはおかしいと、な。俺より上位の者などこの世に存在しないのに、と言うておった」

説明をつけ加える。

「だが、冴紗自身は、おのれを世の最高位だとは思うておらぬはず。あれは自身を誇るような思いはいだかぬ。ゆえに、…わからぬのだ。あれの真実の思いが」

しばし考え、女官長は応《こた》えた。

「……冴紗さまがおっしゃったのは、正確に言えば、妬《ねた》み、嫉《そね》みのことでございましょう。王さまがいだく思いとは、またべつの感情ですわ。持っていないものを欲しがる心と申しましょうか。御身の妬心は、…そうですわね、はっきり言わせていただくと、ご自身の所有物を盗《と》られる恐れ、とでも言い換えたほうがよろしゅうございますわね」

ずいぶんと不遜《ふそん》な物言いだが、不思議と怒りは湧かなかった。

羅剛の聞きたいのは真実であり、口先だけの追従ではない。

「なるほど。そう言われれば納得できる。俺は、冴紗を自分だけのものだと思うておるから、ほかの男に嫉妬するというわけだな？　だが、――ならば、なぜ冴紗は嫉妬しないと言い切れるのだ？　俺とて、…いや、俺こそ、冴紗だけのものだぞ？　ほかの者など、いままで一度も想うたこともない、生涯一度たりとも想わぬと断言できる男だぞ？」

女官長は、瞳を巡らせ、考え、

「それはたぶん、あなたさまが、ご自身の手に入るようなお方ではないとお考えなのですわ。冴紗さまは御身を、天帝さまよりも崇《あが》めておいでですもの」

は！　と羅剛は笑った。

「馬鹿な。あれは、虹霓教最高神官の『聖虹使』だ。ただの、一国の、それも黒髪黒瞳の王である俺などとは、格がちがう。世の最高位、神の子ではないか。本人がどう思うていようがな。――おまえらも、いま聞いておったろう？　どの国もどの国も、修才邏の軍門に下《くだ》りたがる。…俺ではない。冴紗の下に、だ」

繰り言のように羅剛はつぶやいた。

「……崇めてもらいたくなどないのだ。俺はただ、冴紗に想われたいだけだ。…もっと心を語ってほしいだけだ。俺はあれの夫であるのに、…なにゆえ他人行儀に接するのだ。なにゆえ我儘《わがまま》のひとつも言わぬのだ……」

「ほんに、不器用なお方ですこと」

「ああ。不器用なのは自覚しておるわ。ただ、いとしさで胸が詰まるのだ。ときどき愚痴を吐き出したくもなる」

「我儘のひとつも、とおっしゃいますが、冴紗さまは御身にたいそう甘えていらっしゃるようにお見受けいたしますけど？」

「あれでか？」

「ええ。あれでも、ですわ」

「敬意はいだいておろうよ。あれはいまだに自分が貧しい地方衛士《えじ》の子である、俺とは血筋がちがうと思い込んでおる。さらには、自身の美しさにも気づかぬ。…いや、気づかぬどころか、醜いとすら思うておる。信じられぬ話だがな。鏡など毎日でも見ておるはずなのに」

女官長は苦笑を浮かべる。

「ええ。それは……たしかにそう思っていらっしゃるようですわ。鏡をご覧に、とおっしゃいますけど、…じつは、冴紗さまは目を伏せておいでなのです。鏡のなかのご自身の姿は、なるべくお目にしたくないご様子です」

憤懣《ふんまん》やるかたない想いで、羅剛は吠えた。

「なにゆえわからんのだ！　なにゆえ、なにゆえ、だ！　普通なら、鏡に見惚《みと》れて、日がな一日おのれの姿に見入っていてもおかしくはないほど、この世のものとは思えぬ麗しさなのだぞ？」

女官のひとりが口を出してきた。

「ですけれど、冴紗さまがうっとりと見惚れるのは王さまだけですわ」

ええ、ほんとうに。そうですわね、と三人でうなずき合うので、きつく言い返した。

「俺はべつにうっとりと見惚れてもらいたいわけではないわ！　俺など、民草とおなじ黒髪黒瞳、面相とて平凡なものだ！」

窘《たしな》める口調で、女官長が言う。

「冴紗さまをお責めになってはいけません。お父上とお母上は黒髪黒瞳であられたそうですし、お慕いする方々のお姿を好ましく思い、ご自身の姿を卑下なさっても致し方ございませんでしょう。たいそうご謙虚なお方ですから」

頭を掻《か》き毟《むし》りたくなった。

「いっそのこと、身を誇ってくれ！　驕慢《きょうまん》の思いをいだき、増上慢になってくれ。人を疑い、おのれの立場、麗しさを理解してくれ。そうでなければ、……先日のような件が、またいつ起こるかわからぬ。あれを望む男が、またひどい狼藉《ろうぜき》を働くやもしれぬのに……！」

とたん、ぴしゃりと言い返された。

「瓏偖《りょうせい》さまの件は、いいかげんにお忘れくださいませ」

きっ、と睨《にら》んでやった。

言い募っていて、ようやく理解できた。自分は、先日の件をまだ引《ひ》き摺《ず》っているのだ。それで苛立っていたのだと。

「ならばおまえらは忘れられるのかっ？　あの男は、冴紗に、…俺やおまえら、国の民たちが命より大切に守り、慈しんできた、我が国の至宝ともいえる冴紗に、よりにもよって鳥啼薬《ちょうていやく》を飲ませたのだぞっ？　あれがどれほど苦しんだか。おまえらはじかに見ておらんから、わからんのだ！」

羅剛は胸を押さえた。

……ほんに、思い出すだけで胸が焼ける。

鳥啼薬。

中和するためには、男の精を注いでもらわねばならぬ。それ以外のどのような薬石でもけっして治まらぬという、凄まじい媚薬《びやく》である。

羅剛の叔父《おじ》であることを言い訳に、隴偖という男は王宮にまで入り込んできた。そして、言葉巧みに騙《だま》し、冴紗にあの恐ろしい媚薬を飲ませたのだ。

どれほど貞淑な者でも、一刻ももたず男にすがりつくという魔の薬を。

むろん隴偖は、自分にすがり、精を乞うと思い込んでいたはずだ。

だが冴紗は拒み、――羅剛以外の男の精を受けるならみずから命を絶つと、それほど強い覚悟で、当時羅剛が滞在していた泓絢にまでやってきた。想像を絶する苦痛を、五刻も耐え抜いたのだ。

「あやつのせいで、冴紗は楽しみにしていた街にも出られなくなった。休みなどない、日々聖虹使と王妃の務めに明け暮れる冴紗が、…哀《あわ》れにも、そのていどの望みだ！　涙が出るほどささやかな望みであったのに、あやつの邪心で台無しになった。――なにゆえだっ？　麗しさが罪か？　虹髪虹瞳が罪なのかっ？　冴紗とて望んであの姿に生まれたわけではないのに、あまりに、あまりに理不尽ではないか！」

女官長が低い声で咎《とが》めてきた。らしくない唸《うな》るような物言いだ。

「……わたくしどもが怒りをいだいていないとでもお思いですか」

女官たちも次々食ってかかってきた。

「ひとこと申し上げますが！　王さまの叔父上でなければ、我が身と刺し違えても殺しておりました。花の宮でしたら、けっしてそのような胡散臭《うさんくさ》い薬、冴紗さまにお飲ませいたしませんでしたわ！　しっかり相手を見張って、お止めいたしました。それを、本宮の、ぼんくら衛兵どもが…っ！」

「それは、永均さまはじめ、事件を知るすべての方々の思いでしょう。王さまこそ、私どもの忠誠を軽《かろ》んじておられます！　冴紗さまのお身を案じているのは、王さまだけではありませんわ！」

羅剛は唇を噛《か》んだ。

「……ああ、ああ。悪かった。たしかに、この宮でなら、おまえらが止めたであろうよ。やつと刺し違えてもな。俺もそれは認める。すまなんだ」

身を翻し、外套を羽織る。

冴紗を迎えに行くのだ。

いまはそれがもっとも重要なことだ。

この苛立ちも、焦燥感も、冴紗の顔を見れば治まる。冴紗を腕に抱き、ほほえんでもらえば、霧散する。

「行ってくる」

扉に向かう羅剛を、女官長たちも頭を下げただけで見送った。

Ⅱ　異国からの使者

修才邏《いざいら》王宮は二重城壁に囲まれている。

竜場《りゆうば》へと向かう。

他国からの攻撃を防ぐためだ。王宮はむろん最内だが、重臣たちの個別の住居、兵舎、武器庫、そして飛竜《ひりゆう》と走竜《そうりゆう》の飼育されている竜舎も、一の城壁、二の城壁の間に建てられている。

羅剛《らごう》の姿を認めると、勢揃いしていた竜番たちは顔を輝かせつつ頭を下げた。

「お待ちいたしておりました。王さまの飛竜は、支度をすべて整えてございます」

竜舎の者たちも、冴紗《さしや》の戻りを心待ちにしているのであろう。

大神殿と王宮。敵対しているわけではないが、冴紗に関しては敵対関係と言えるやもしれぬ。どちらも、一刻でも長く冴紗をとどめておきたいのだ。それほどまでにみな、冴紗を慕っていた。

「大儀であった」

ひとことだけねぎらい、飛竜に飛び乗る。

「行け！　大神殿だ！」

飛竜はひじょうに賢い生き物だ。人の言葉をほぼ解する。

手綱を引くと、わかりましたとばかり、けーん、と一声鳴き、羽ばたきを始めた。

首を上げ、一度足で地を蹴り、雪の降りしきる大空へと飛び立つ。

羅剛は乗り慣れているが、初めて間近で見た者は、かならず感嘆の声を上げる。飛竜の飛び立つさまは、それほど勇壮なものらしい。

飛竜は、ばさっばさっと力強い羽ばたきで、風の安定する上空を目指す。

高みに向かうにしたがい雪礫《ゆきつぶて》はさらに激しく頬を打ったが、飛竜のほうは頓着した様子もなく飛びつづける。

もともと飛竜は、寒冷地の麗煌山《りこうざん》でしか生息しない。ゆえに、寒さや雪にはたいへん強いのだ。

上空まで上り、羅剛はようやく息をついた。

寒さは変わりないが、雲を抜けたので、雪礫の邪魔はなくなった。

……あと数刻で冴紗の顔が見られるのだな。

胸が高鳴る。だれも聞いていないのをいいことに、愛する者の名を呼ぶ。

「……冴紗」

こうして、いったいいままで幾度、冴紗の名をつぶやいたことか。

冴紗。冴紗。冴紗、さしゃ……。

舌がせつなく痺《しび》れる。全身が甘く蕩《とろ》ける。

名を口にするたび、婉麗《えんれい》で優美なあの姿を思い浮かべるたび、内から燃え上がるような恋情が湧き起こる。

……おのれでも自覚しておるがの。

自分の冴紗狂いは、常軌を逸している。

この地では、生まれた際、未来を視《み》ることのできる『星予見《ほしよみ》』に『真名《まな》』を授けてもらう風習がある。

羅剛の真名は――『虹に狂う者』という。

虹、それは虹霓《こうげい》教《きょう》のことだと父王は考えたようだが、本人にはわかっていた。

冴紗に狂う者、という意味だ。

自嘲的につぶやく。

「しかたなかろうよ」

あれほど清らかな魂の人間を、羅剛は知らなかった。

冴紗が初めて、羅剛を『王』と呼び、膝を折った。

現れた際の冴紗は、痩《や》せこけた薄汚い小僧であったが、虹の髪虹の瞳、手には弓矢という出《い》で立ちで、人々の前に出現した。

古来から、弧を描く弓は虹霓を表す物とされ、天帝が御子《みこ》を下界に降ろす際には聖弓を持たせる、と言い伝えられてきた。

偶然ではあるが、冴紗は言い伝えどおりの姿で出現し、その弓で羅剛の命を救ってくれた。命だけではなく、心をも。

女官長《じょかん》も言うておったではないか。

……俺を嗤える者など、この世にひとりもおるまいよ。

みなが冴紗に狂っている。真名は人には教えぬものなので定かではないが、『虹に狂う者』の真名を持つ者は、じつは自分以外にもあまたいるのやもしれぬ。


雲より下りると、さきほどよりもさらに吹雪《ふぶ》いていた。

大神殿の屋上に飛竜を下ろしたはいいが、足を踏みしめていなければ、よろけてしまいそうだ。

打ちつけてくる雪礫に目を眇《すが》め、あたりを見渡す。

「……冴紗……？」

いない。

出迎えがないなどということは、初めてだ。

不安が胸をよぎる。

……どうしたというのだ……？

律儀な冴紗は、羅剛が到着する半刻以上前から屋上で待っているのがつねであった。暑かろうが寒かろうがおかまいなしなので、せめて約束の刻限まで待てと、何度も言い聞かせたほどだ。

そのとき、階《きざはし》につづく扉が開き、黒い神官服が見えた。

若い神官は羅剛のもとまで駆け寄り、息を切らせて謝る。

「申し訳ございません、王！　ただいま、取りこんでおりまして……」

一気に頭に血が昇った。

「取りこんでおるだとっ？　冴紗が俺を出迎えられぬほどの用件か！　また隴偖《りようせい》のような、よからぬ参拝者でも来たというのかっ⁉」

世のすべての虹霓教の総本山であるこの『大神殿』には、連日あまたの信者が訪れる。多い日は千を超えるらしい。

信者たちは、ただ『冴紗の祝福』を受けるためだけに、険峻《けんしゆん》な岩肌を這《は》うようにして、幾日もかけて登ってくるのだという。

善男善女に祝福を与える——それは、聖虹使《せいこうし》の役目としてしかたないとは思っているが、修才邏だけではなく、他国の者でも、この山を登りさえすれば謁見が許されるというしきたりだけは、ひどく不快であった。

……あの憎らしい隴偖も、冴紗に謁見を求め、足しげく通っていたというのだからな。

羅剛の質問に一瞬口ごもり、若い神官はうなずいた。神官としても、隴偖のおこないは、許しがたい蛮行であったようだ。

「謁見時間の終了間際、ひじょうに重い役目を担っているという者が二名、駆けこんできました。なんでも、その者たちの申すところによりますと、帝国の皇帝陛下の命《めい》を受けて参ったというのです」

「帝国？　帝国だとっ？　世の始まりの国、世の最大国家である我が国でさえ、帝国だなどという自賛はしておらぬのだぞ？」

帝国というのは、皇帝が治める国という意味だ。

そして皇帝とは、すなわち美しく大いなる君主という意。

「その国の名はっ？」

羅剛の怒気に押されるかたちで、神官はおどおどと答えた。

「か、花爛《からん》、と言っておりました」

眉を顰《ひそ》めてしまった。名すら嫌悪をいだかせる。国名というのは、ほとんどがその地理風土、歴史を表す名をつけるのが世のつねなのだ。

「花爛？　いったいどこにある国だ。俺は聞いたこともないぞ！」

「こちらも、です。最長老さまが、かろうじてご存じで……たしかに、たいそう大きな国だというお話です」

「修才邏よりもか」

「それは、…なにぶん、伝説でしかなかったようなのです。北の海をへだてた地に、ひじょうに大きな国が存在すると」

羅剛は黙った。

……たしか、歴史の書物にそのような記載があった。

だが、国交がないためか、国名は明記されていなかったと記憶している。

「海をへだてた地から、どうやってやってきたというのだっ？　かの国には飛竜のような生き物がおるというのか？　それとも、船かっ？」

「筏《いかだ》、それからは徒歩。そう申しておりました」

聞けば聞くほど苛立ちが増してくる。

「いい。どけ。まずは冴紗の顔を見てからだ」

若い神官を手でどかし、螺旋《らせん》階段を駆け下りる。

「冴紗！　どこにおるのだ、冴紗！　出てこい！」

謁見の間があるのは一階。そこまで下ると――神官たちが数名立っていた。

一度頭を下げたあと、こちらへ、と手で指し示したのは、控えの間。

急いで飛び込む。

「……冴紗……」

思わず安堵《あんど》の息が洩れる。

冴紗は、いた。高位の神官たちに守られるように、立っていた。

しかし、いまだ虹服、仮面も着けたままであった。

羅剛さま、と唇が動く。

仮面を着けていても困惑の表情が読み取れた。

最長老と長老五人が、恭しく頭を下げる。

「いらせられませ、王よ」

「じじいどもが勢揃《せいぞろ》いか！　…ああ、挨拶はいい！　いったいなにがあった？　疾《と》く話せ！」

「申し訳ございません。御身《おんみ》のご采配を賜りたく、来訪をお待ちいたしておりました」

「俺の采配を待たねばならぬほど、重要な案件なのか。貴様ら、神の威光を振りかざして、好き勝手やっておるのではないのか」

嫌味のひとつも言いたくなるというものだ。

羅剛の口の悪さには慣れているのだろう、長老のひとりが重い口を開く。

「我々でも、とうてい決めかねるお話でございました」

ぶすっと尋ねる。

「花爛、と言うたか？　場所が見たい。地図を持て」

長老が「書庫へ」とちいさく命ずる。

ばたばたと若い神官が駆け、ほどなく巻かれた地図を持って戻ってきた。

卓上に広げられた地図を覗《のぞ》きこみ、――羅剛は正直、愕然《がくぜん》とした。

北海をへだてた場所には、たしかに巨大な島らしきものが描かれている。が、その大きさが脅威であった。

「……これがすべて一国だというのか。そやつらは、ほんとうに、その花爛とやらいう国から訪れたというのか」

「たぶん、嘘《うそ》ではございませんでしょう」

凪《な》いだ口調で答えたのは、最長老である。

修才邏では基本的に相手を役職名で呼び合うため、まことの名は知らぬが、羅剛が接した際にはすでに『最長老』と呼ばれていた。白髭《しろひげ》を長く伸ばした好好爺《こうこうや》然とした老神官である。

地図を見ていて、動悸《どうき》がしていた。

……修才邏に匹敵するくらい巨大ではないか。

凍る海をへだてた国とはいえ、なにゆえいままで攻めてこなかったのか。そして、なにゆえいまになって使者をよこしたのか。それも、王宮にではなく、この大神殿に。「して？　冴紗にいったいなにを言うてきたというのだ？」

長老たちは顔を曇らせた。

「はい。行幸《ぎょうこう》と賜りたいと……」

ほかの長老が口をはさんできた。

「そのようなおだやかな依頼ではなかったでしょう。あれは使者殿が言葉を選んだだけのこと。王には正確にお伝えしなければ」

聞き咎めて、尋ねる。

「どういうことだ」

神官、それも『長老』の地位にまで上った者である。感情などおもてに出さぬ修行をしてきたはずの者が、ひどく憎々しげに吐き捨てた。

「よりにもよって、冴紗さまに、皇帝の命《めい》とやらを伝えてきたのです。直接顔を見せて、話を聞かせよ、と」

むろん羅剛は怒鳴った。

「なんだとっ？　なにゆえ国交もない国に、冴紗が赴かねばならんのだ！　謁見したいというなら、麗煌山を登れと言うてやれ。それがしきたりなのだからな」

「断りました。当然です。謁見お付きの者が、はっきりと申しました。聖虹使さまは、古来よりこの大神殿から出ぬきまりでございますと」

羅剛もうなずいた。

「ああ。よう申した。他国の王族でさえ、自力で山に登り、順番を待つのだ。そやつらだけが優遇されると思うておったら大まちがいだ」

「ですが……」

長老たちは、どうも歯切れが悪い。

「ほかにもなにか理由があるというのか」

「……緊急だと、…その者たちは言うのです」

「一刻を争う事態なので、大神殿のきまりは曲げても、どうか聖虹使さまに一刻も早いご来駕《らいが》を賜りたいと、涙ながらに乞われまして……。じつは皇帝陛下がご乱心あそばして、それを諫《いさ》めていただきたいのだと」

ふん、と鼻で嗤ってやる。

「涙ながら？　ここで、冴紗の姿を見て、泣かぬ者などおるのか？　以前俺が謁見を見た際にも、老爺《ろうや》がひぃひぃとおのれの不幸を嘆いておったではないか。――だが、ようやく理解できたわ。みずからが崇める神の御子が諭せば、そのお偉い皇帝陛下とやらも、素直に心を鎮めると、そういうことなのだな？」

「いえ……たしか、かの国は虹の天帝ではなく、火の神を崇めるはずでございます」

もう抑えがきかなかった。

「ふざけるなっ！　虹霓教信仰国でもないのに、なにゆえ冴紗に救いを求めるっ？　冴紗は、虹霓教の神の子だ。…火の神など知らぬ！　火の神とやらを崇めておるなら、そやつらの神、そやつらの神の子にすがればよいではないか！」

苛立ちも頂点であった。

「それが、俺の到着を待っていたという話なのかっ⁉　…一刻も早くなどと、他国の者などに命ぜられるいわれはないわ！　冴紗はこの世の最高位だぞっ？　…それともなにか？　俺にその不埒者《ふらちもの》どもの首を斬ってくれと、そういう話か？　それなら得心するぞ？」

冴紗に視線を移す。

「そのような戯言《ざれごと》につき合う必要はない。さっさと服を着替えろ、冴紗」

しかし、なぜだか冴紗は祈るように手を組み合わせたまま、動かぬのだ。

「どうした…？　俺が迎えに来たのだぞ？　おまえは二日間の役目を終えた。…さあ、王宮へ戻るのだ」

手を差し伸べても、ふるふるとちいさく首を振る。

冴紗に対してだが、声を荒らげてしまった。

「いったいなんだというのだ！　神官どもだけではなく、おまえまで、なにゆえおかしな態度を取るっ？　――ならば俺が直接話を聞く！　使者どもを連れてまいれ！」

ちらちらと互いに視線を交わし、物言いたげに唇を噛むが、みな口が重い様子だ。

「いえ、それが……動かそうにも……」

「出立した際は、十名であったそうですが、ここまでたどり着けたのは二名というありさまらしく……」

ついに痺れを切らし、怒鳴っていた。

「ええい！　貴様らの伝え聞きでは埒《らち》が明かぬ！　いったいなんなのだ、ぐずぐずと。連れてこれぬなら、俺が行く。その者らのおる部屋に案内《あない》せい！」


大神殿には、参拝者のための宿坊が用意されている。

そちらへ向かうのかと思いきや、先導した長老は、べつの小部屋へと羅剛を連れていった。たしか、救護の部屋だ。薬剤などが置かれていたはず。

険峻な山を登ってくる者は、ほとんどが疲労困憊《こんぱい》している。その者らに薬湯を飲ませるため、傷ついた手足を手当てするため、大神殿には多種類の薬草が常備されていると聞く。

扉を叩き、長老は命ずる。

「お開けなさい」

あわただしく扉を開けた神官ごしに室内を見て——さすがに息を呑んだ。

みすぼらしく哀れな男がふたり、椅子に座っていた。

着衣が破れ果てた毛皮であることもあいまって、野の獣かと見紛《みまが》うばかりの風体である。ふたりとも歳は若い。三十そこそこであろうが、なにしろあまりにも汚く、病み窶《やつ》れている様子なのだ。

その手に視線が吸い寄せられる。

指先はどす黒く変色していた。壊疽《えそ》を起こしているようだ。鼻も耳も、同様。

手や顔がそこまでやられているならば、足はたぶん使い物にならぬていであろう。まともに立てぬ様子であるから、下手をしたらすでに腐れ落ちているのやもしれぬ。

そうか。この者たちの姿を見ていたため、神官どもの話の歯切れが悪かったのかと、ようやく納得できた。

……こやつら、いったいどれほど過酷な長旅をしてきたというのだ……？

ともに出立し、たどり着けなかった者たちは、すでに命がないのではないか。

驚きは胸に秘め、横柄な口調を取り繕う。

「貴様らか。冴紗に行幸を願って来た、という不届き者は」

はっとしたように視線を上げる。

「も、もしや……」

長老のひとりが重々しく答える。

「こちらのお方は、修才邏国王陛下であらせられます」

息を呑み、次の瞬間、ふたりとも頽《くずお》れるように椅子から下り、床で平伏しようとする。

よい、よせ、と口を開きかけ、羅剛はかろうじてこらえた。

手足腐り果てても、懸命に敬意を示そうとしているのだ。自分は他国の王ではあるが、けなげな志《こころざし》を愛《め》で、受けてやらねばなるまい。

「貴様ら、ここがどこだか、わかっているのか」

「はい」

唇もひび割れている。滲《にじ》んだ血は唇の端でどす黒く固まっている。見れば見るほど、目をそむけたくなるような悲惨なありさまだ。

「その身体《からだ》で麗煌山を登ったことだけは、褒めて遣わそう。――だが、畏れ多いとは思わなんだのか？　なにゆえ、冴紗に、…虹霓教最高神官、聖虹使に、願うのだ。貴様らの国は虹の天帝を崇めてはいないと聞く。ならば他宗教の神の子に、いったいなんの用がある。正式な書状は？」

「いえ……持参いたしておりません」

「上からの正式書簡も持たずに、やってきたというのか。そして、他宗教の神の子に、しきたりを破らせてまで来駕を乞うのか。…俺たちは、貴様らの国など知らぬ。国交もないのだからな」

男たちは顔を見合わせた。

ひとりが、他方に語りかける。

「すべてを語ろう偉早悧《いさり》。偉大なる国王さま、そして虹の御子さまの御前《おんまえ》だ」

偉早悧と呼ばれた者は、床に手をつき、視線だけを上げ、声を振り絞るようにして語り始めた。

「……はい。…皇帝陛下がご乱心めされたのは、……三月《みつき》ほど前でございました」

いったん口をつぐむ。

「皇妃を、……第九皇妃を、……そして、皇子、皇女、さらには、側近をその手で……」

淡々と尋ね返してやる。

「殺した、というのか」

返事もできぬ様子で、床に視線を落とす。

「理由は?」

はっ、と視線を上げた。その瞳が激しく揺れている。

羅剛は重ねて尋ねた。

「答えよ。俺はこの国の王、そして、冴紗の夫だ。なにか言いたいことがあるなら、俺に言え。冴紗は俺の言葉にしかしたがわん」

隣の男が堰《せき》を切ったように語り出した。

「第九皇妃は、…あの穢らわしい毒婦は、よりにもよって、皇帝陛下の側近と情を交わしたのです！　皇子と皇女は、その者との子だと発覚したのです。陛下は、……お心の清らかな陛下は、それをお許しになりませんでした。けして陛下が、残虐な行為をなさった、わけ、では……」

初めの勢いは失《う》せ、最後は尻つぼみになる。

「第九皇妃？　妃が九人もおるというのか」

「九人、……いえ、同時に、では……」

「同時ではなく、死んで次の妃を娶《めと》ったというのか」

「いえ……第九皇妃以外は、みなさまご存命ですが、…牢《ろう》に……」

睥睨《へいげい》し、冷たく吐き捨ててやった。

「ほう。飽きれば牢に閉じこめ、次の妃を娶るのか。反吐《へど》が出るような話だな。俺は虹霓教などどうでもよいと思うておる男だが、それでも妻は生涯ひとりと決めておる。…いや、ほかの者など愛せはせぬ。冴紗を心から愛しておるからな。——だが親がだれで、どのような者であろうと、子に罪はなかろう。その皇子、皇女はいくつだったのだ？　哀れとは思わなんだのか」

答えられぬ様子の偉早悧の代わりに、また右の男が返してくる。

「三歳と、一歳でございました。たいそう、…たいそう、愛らしく、ご聡明《そうめい》なお子さまがたでございました」

嗚咽《おえつ》を呑みこみ、つづけた。

「………申し訳ございません。自分は教育係であったのです。宮殿のみなが、……いえ、国民のすべてが、皇子と皇女を愛しておりました。国の希望でありました」

羅剛は顔を歪《ゆが》めつつ、吐き捨てた。

「俺には、貴様らの話が呑みこめぬな。心の清らかな人間だと？　…まったく反対であろうが。そのような極悪非道な皇帝とやらを、なにゆえ救わねばならぬのだ。狂うなら、狂え。そのほうが民のためだ。——ほんに、俺としては、嫌悪しか湧かぬ話だ。我が愛する妃の耳に、そのような薄汚い話を入れただけでも許しがたい。いますぐ剣の錆《さび》にしてやりたいくらいだ」

踵《きびす》を返そうとすると、あわてたように直訴する声が。

「お待ちください、王さま！　……あ、姉が！　第一皇妃であった私の姉が、牢に囚《とら》われているのです！　いつ首を斬られるかわからないのです！　皇帝陛下は、いまや疑心暗鬼になられて、だれも信じず、逆らう者を片端から処刑しています！」

「お助けください！　第一皇妃さまだけではありません！　歴代の皇妃さますべてが、いまだ牢のなかです。そして、私の幼なじみが、まもなく第十皇妃に取り立てられてしまうのです！　私たちは、将来を誓い合った仲でございました……っ！」

捨て置くわけにもいかず、振り返った。

「——そういうわけか。おまえは姉、横のおまえは幼なじみの娘を救うために、やってきたというのだな」

「それだけではございません。皇帝陛下のご乱心で、国は乱れ、人々は明日の命も知れぬ状態なのです。正式書簡がないのは、我々有志が、志願して出立したためで……我が国でも、貴国の存在は伝説でございました。存在するかどうかもわからない国、存在するかどうかもわからない虹の御子さまにおすがりしようとしたのは、ひとえに、我々にはもう打つ手がなく…………………どうか、…どうか、偉大なる修才邏王、伏してお願いいたします。虹の御子さまの、我が国への行幸を、…一刻も早いご来駕を、お許しくださいっ！」

羅剛は邪慳《じゃけん》に首を振った。

「いいや。許せぬな。ならば、皇帝の命とやらは、なんなのだ？　もし世に神の御子とやらが存在するなら、その者の言葉なら聞いてやってもよいと、そういうふざけたことでもぬかしおったのか？」

返事のないのが、なによりの返事であった。

「まこと、……胸焼けがするような不快な話だ。その戯言を真に受けて、貴様ら、命を賭《と》して旅をしてきたというのか？　阿呆《あほう》としか言いようがないな。…いや、それより先、そこまでうつけだとわかっている王を、なにゆえ屠《ほふ》らぬのだ？　愚王を諫めるのが、まことの忠臣というものであろう？　他国の、他宗教の神の子などに頼る前にな」

悔しさを滲ませつつ、男たちはうつむいた。

床にひとつぶふたつぶ、涙が落ちる。

「…………おっしゃるとおりでございます。ですが、……できないのです。できない理由があるのです」

羅剛は、すげなく言い捨てる。

「わけなど知らぬ。知りたくもない。それに、貴様ら、どれほど長旅をしてきた？　そのさまだと、ひと月ふた月は、かるくかかっておろう？　いまさら冴紗が行っても、もう国など滅んでいるやもしれぬぞ？　おまえらの姉や幼なじみも、とうに首を刎《は》ねられているやもしれぬのだぞ？」

その指摘が、もっとも使者たちを打ちのめしたようだ。ついに嗚咽を洩らし、床に伏してしまった。爪を立て、床を掻き毟るかのごとく身悶《みもだ》え、慟哭《どうこく》する。

羅剛はため息をついた。自分だけなら使者を蹴ってでもこの場をあとにするが、背後に冴紗がいる。冴紗の前で、残忍な態度はとりたくない。

しぶしぶ話を継ぐしかなかった。

「で、なにか？　そこまでたいそうな願いを持ちこんだのだ。それこそたいそうな寄進でも持参したのか？」

使者は顔を上げ、

「……え、いえ……それが……」

懐に手をやり、申し訳なさそうに謝る。

「も、もちろんお持ちしましたが……お恥ずかしくて、とても御子さまのお目にさらす勇気がございませんでした」

「恥ずかしかろうがなんであろうが、空手でだいそれた願いをするよりもましなのではないか？　…いいから、出してみろ」

しばらく逡巡《しゅんじゅん》していた様子だが、ようやく使者は懐に手を差し入れた。

後生大事に運んできたのであろう。幾重にも包まれた封を解き、現れたのは、鞣《なめ》し革で作られた小箱であった。

ひったくるように受け取ったはいいが、――さすがの羅剛でさえ胸が詰まった。

なかには、萎《しな》びた花が十個ほど。それも、指の先ほどしかない小花なのだ。

「…………申し訳、……ございません。貧相な、お目汚しを……」

「よい。詫《わ》びるな。俺も一国の王だ。それくらいの推察はできる。貴様らの国では、花はさぞかし貴重なのであろう？」

見上げた瞳は涙で潤んでいた。

「……はい。お心づかい、ありがとうございます。…他国では宝玉を愛でると聞きましたが、我が国では、生花が愛でられます。極寒の地なので、めったに咲かないのです。いま

では、大切に管理された室《むろ》でしか育ちません。我が国では、愛する娘への婚姻の誓いに、生花を贈るならわしです。花ひとつ買うのに、半年分の給金がかかるくらい、ひじょうに高価なものですから。……ですが、他国の地を踏み、さらに貴国の地を踏んで、…花々が咲き誇っているのを目にしました。それも、大輪の、…夢に見たこともないほど、色鮮やかで美しい花々が……」

語る口調に、せつなさが滲む。

さぞつらかったことだろう。おのれの信じてきたもの、見聞きしてきたものが、根底から覆されてしまったのだ。国を出なければ生涯知らずに終えられたものを、なまじ出てしまったから、知らなければいけなくなった。

羅剛は振り返り、小箱を冴紗に差し出してやった。

「受け取ってやれ。おまえへの貢ぎ物だ」

むろん冴紗が無下な態度をとるわけがない。

足早にやってくると、小箱を受け取り、柔らかな声で礼を言った。

「ありがとうございます。頂戴いたします」

さて、——話の概要は呑み込めた。神官たちがなにを逡巡しているのかも、だ。

この哀れな者どもの願いを、聞くべきなのか、聞かざるべきなのか。

聖虹使を連れて帰らねば、まちがいなく皇妃たちは死ぬことになるであろう。国が滅びるというのが、どういうことかはわからぬが、愚王のために滅亡した国は歴史上あまた存在する。

……かの国へと赴くにしろ、問題となるのは、飛竜だな。

騎乗できるのは、王と竜騎士団員のみ。王妃である冴紗にも一頭専用の雌竜《めすりゅう》を与えてあるが、じつは冴紗はあまり騎竜が得意ではないのだ。

ちらりと視線を流してやる。

冴紗はさきほどと同様、胸の前で指を組み合わせている。祈るような姿だ。

思いは容易に察せられた。

連れていってくれと言いたいのだ。

不快と憤りを抑えこみ、腕を組みつつ思案する。

責めたくはないが、どうしても心中で冴紗を咎めてしまう。

……おまえのため、また新たに外出用の衣装も作ったのだぞ？　朧偖の一件でやむなく取りやめとなったが、おまえは街へ出るのをあれほど楽しみにしていたではないか。

このような者ども、ほうっておけばいい。花爛などという国は知らぬ。火を崇める国ならばおのれの神にすがれと、つっぱねればよいではないか。

だが、わかっていた。

羅剛でさえ哀れに思うてしまったのだ。心優しい冴紗が、断れるわけがない。

低く、羅剛は尋ねた。

「連れていってほしいのか」

「はい」

答える声は、さやかで美しいが、きっぱりとしたものであった。

「この者たちのさまを見ろ。どれほど僻地《へきち》かわかろう。飛竜を駆っても、幾日かかるかわからんのだぞ？　行っても、もう国などないのかもしれぬのだぞ？　国があったとしても、皇帝とやらが、おまえの言葉に耳を貸さなかったらどうする？」

「ならば、わたしひとりで…」

きつく言い返した。

「俺が許すと思うのか！　俺だけではない。神官どもや、宰相、議会も、けっして許さぬだろうよ。自分の立場をわきまえろ」

まわりの神官たちは、小声でそそのかす。

冴紗さま、王にお願いするしかございません。

御身おひとりで飛べる距離ではございませんし、私どももそれは賛同できかねます。

見る見る冴紗の顔が曇る。虹の睫毛《まつげ》に涙をからませ、すがるような瞳で羅剛を見つめる。

……そのような目で見るな！

おまえに願われて、俺が断れるわけがないことを、おまえ自身がもっともわかっているであろうに！

「……羅剛さま。後生でございます。わたしは、どのようなことでもいたしますので」

「どのようなことでも？」

聞き咎め、ならば冴紗が厭がることでも命じてやろうと、意地悪心が湧く。

「どうしてもと願うというのなら、……そうだな、俺にくちづけでもしてみるか？」

あんのじょう、困惑の表情となる。

「…………くちづけ……でございますか……？」

「ああ」

まわりに視線をやり、だが次の瞬間、唇を噛み、覚悟を決めたらしい。

身をかがめ、羅剛の手を取ろうとしたので、手荒くはねのけ、言い放つ。

「だれが手にしろと言った。くちづけは、唇に、だ」

冴紗は、一歩あとずさるほど狼狽《ろうばい》した。

なれど、まわりに人さまが、と唇が動く。

「どうした？　できぬのか？　おまえは、夫であり、王である俺に、忠誠の証《あかし》すら見せられぬのか？　おまえの決意は、そのていどのものなのか？」

悲しげに揺れる瞳。

そのような目をさせたいわけではないのだ。ちがう。なのに、怒りで無体《むたい》を言うてしまうおのれが情けない。怒りたいわけでも、冴紗を怯えさせたいわけでもないのに。

「……はい」

近寄ってくる。

それだけで、冴紗の芳香が薫る。

背伸びをしても届かぬのはわかっているので、羅剛はみずからすこし膝をかがめてやった。

触れるか触れぬかの、くちづけ。

冴紗の唇は小刻みに震えていた。さらには、ひどく冷えていた。

素直にくちづけられれば、それはそれでまた腹が立つ。

羅剛は荒々しく冴紗の腰を抱き寄せ、こちらから唇を奪った。

恥ずかしさで無意識に背が反るのだろう。それを追いかけ、執拗《しつよう》に舌をからませる。

「……んっ」

唇を離すと、冴紗は羞恥に頬を染め、涙ぐんでいた。

わかっていたことだが、苛立ちはまったく治まらず、かえって増しているようだ。

不機嫌を満面に表しつつも、使者どもに言うてやる。

「謝意は受け取った。――では、俺が冴紗を伴い、花爛とやらに出向いてやろう」

使者たちは歓喜に顔を輝かせた。

「あ、…ありがたき幸せに存じます！」

「我らもすぐに出立の用意を整えます！」

「その身体でか？　ふざけるな。途中で野垂れ死ぬのがおちだ。我が国内で、汚らしい骸《むくろ》をさらす気か」

「ですが、我らが先導しなければ、とうてい宮殿にまではたどり着けません！」

「それほど奥地に建っているというのか？」

ふたり顔を見合わせ、

「奥地、というか……一面の雪野原なのです。いまの時期は、もっとも雪深くなります」

「雪野原くらいなら、俺でも見たことはある。この国でも雪は降るからな」

「ですが…」

「それに我が国には、世に誇る飛竜がいる。貴様らも国内を来たのなら、上空を飛ぶ騎士団の姿を見ておろう。上からなら、下界など一望できる」

「晴れていれば、雪の反射で目を傷めます。頭も、被り物をしていないと、凍りつきます。ちょうど黒夜の時期にもかかりますし、……ほかにも、さまざま困難がございまして…」

さらに言い募りそうであったので、きつく止めた。

「それ以上は聞かぬ！　俺のやり方が気に食わぬというのなら、さっさと山を下りて国に戻れ！　さすがの俺も、貴様らのような病み人を連れていって、途中で死なれでもしたら寝ざめが悪い。…ほんに、なにゆえ道行く民に助けを求めなんだのだ。我が国の民であれば、かならずや救いの手を差し伸べたであろうに……まこと腹立たしいわ。——とにかく、まずは、その腐れ果てた手足を、神官どもに手当てさせろ。身動きがとれるようになったら、騎士団に送らせる。あとからついてまいれ」

偉早悧はあわてた様子で、自分の指に嵌《は》まっていた指輪を抜き、差し出した。

「では！　では、これを、お持ちください！　我が一族の家紋が入っております。偉早悧と、宇為俄《ういが》がまちがいなく御国《おんこく》に到着したという証になります」

宇為俄と呼ばれた男もつづき、指輪を差し出す。

不承不承だが、羅剛はふたつの指輪を受け取った。

「心より拝謝いたします。どうか、…御身と、聖虹使さまのお力だけが頼りです。我が国花爛をお救いください」

床に額をこすりつけて拝まれても、不愉快なだけだ。

「ああ——ひとつ尋ねておくが、貴様らの国の兵はどれほどいる？　この話が謀略ではないと、誓って言えるか？」

瞠目《どうもく》し、使者たちは強弁した。

「兵など！　我が国は、兵など持ちません！」

「たいそう平和な国なのです。…いえ、近隣に国がございません！　島国なのです！　戦う必要がないのです！」

「ならば、その言葉を信じてやろう。もし嘘だというなら、上空から火矢でも射こんでやる。なにしろ我が国には飛竜がおるのだからな」

踵を返し、入口に向かおうとする羅剛に、最長老が声をかけてきた。

「ご英断をなさいましたな」

きっ、と睨みつけてやった。

「うるさい！　冴紗にねだられて断れるわけがなかろう。俺ひとりなら、このようなやつら、死のうが生きようが気にせん。どこかの国が崩壊しようが、国民が皆殺しに遭おうが、あざ笑うだけだ。…貴様らも、そうであろう？　虹霓教信仰国でなければ、見捨ててもかまわぬ蛮国と思うておろうが？」

唇の端をわずかに上げるだけで、最長老は意を表した。

「……ああ、ああ。口には出せぬだろうが、俺たちの思いはおなじだ。俺たちが大事なのは冴紗だけだ。他国など知らん」

それでも、冴紗の願いなら、あらゆるものを犠牲にしても叶《かな》えてやりたい。冴紗を喜ばせたい。なにより、冴紗の不興を買って、嫌われたくはない。

……まこと哀れなのは、俺たちだな。

想うても想うても報われぬ。

尽くしても尽くしても、愛する者の心には届かぬ。

「いつ戻ってこられるか、わからぬからな。参拝の信者たちには貴様らが言い聞かせろ。聖虹使は、敬虔《けいけん》な信者であるおまえらを放り出して、勝手にどこぞの国へと出かけてしまった。帰ってくるまで謁見はできぬから、おとなしく待っておれ、とな」

そこまで言うても、まるでこたえぬ様子で、

「さようでございますな。うまく諫めておきましょう」

ふん。くそじじいがっ、と睨みつけるだけで思いはこらえ、つけ加える。

「それから、…いいかげんにおまえらも、長老位を七名に増やせ。じじいがいいと言うなら、泓絢《おうけん》から年寄り神官たちを数名引き取ってきたのだから、そのなかからでも選べ。おまえらがしっかり働いて、冴紗の負担をすこしでも減らせ」

最長老の返事を待たずに振り返り、荒々しく命じた。

「なにをしておる！　来い、冴紗。いったん王宮へ戻って支度だ！」

「……は、はい」

冴紗はあわてた様子で小走りについてきた。

Ⅲ　冴紗の真意

王宮までの騎竜中は、どちらも無言であった。

抱き締めている冴紗《さしゃ》の身体が強張《こわば》っているのがよくわかった。

……さきほどまで、心浮き立たせていたというに……。

なにゆえこのような事態に陥ってしまったのだ。

口を開いたら冴紗を責める言葉を発してしまいそうで、羅剛《らごう》は唇を引き結ぶしかなかった。

王宮の竜場《りゅうば》に飛竜《ひりゅう》を下ろし、冴紗を伴い、花の宮《はなのみや》へと向かう。

竜場の者たち、衛兵、通る道すがらの家臣、女官《じょかん》たちすべてが、いったん仕事の手を止め、羅剛と冴紗に深々と頭を下げる。冴紗の帰宮を喜ぶみなの思いが、その動作、表情から伝わってくる。

むろん花の宮の女官たちは、雪の降りしきるなかであっても扉の前に勢揃いし、満面の笑顔で冴紗を出迎えた。

「おかえりなさいませ、冴紗さま」

「お寒うございましたでしょう？　ささ、お早く宮内へ」

「暖めてございます。お食事の支度も、湯殿の支度も整っておりますわ」

いつもどおりの明るい女官たちの声にも、冴紗はかすかにうなずくのみだ。

宮内に入るなり、――羅剛は抑えていた気持ちをぶつけてしまった。

「よかったのう、冴紗。ちょうど、こうるさい宰相が留守で。やつがおるときであったら、俺がいくら言うても、花爛《からん》などという国への行幸、許しはせんぞ？　あやつは、俺以上に、おまえに対して過保護であるからの」

冴紗はようやく口を開いた。

「……申し訳ございませぬ」

「謝るな！　謝るぐらいなら、ねだるな！　俺がおまえの願いを断れぬことくらい、わかっておろうに！　わかっておって、そういう殊勝なさまを装うのだ。…いまさら謝られても遅いわ！　いったん言挙《ことあ》げしてしまったのだからな！」

羅剛は大卓まで歩み、怒りのまま、ばんばんと載せられているものを叩いた。

「見てみい！　これは街に出るための衣装だ。針子どもが夜も眠らず縫ったのだ。おまえのために、心を込めてな！　飾りもそうだ。すべて、すべて、だ！　おまえを楽しませてやりたい、安らかに過ごさせてやりたい、日々の重責をすこしでも和らげてやりたい、…

みな、みな、おなじ思いだ！　なにゆえわからぬっ？　なにゆえ察せぬっ？　…人の好意を無にすることばかりしおって！」

大声を聞きつけ、女官長が小走りにやってきた。

「どうなさったのです？　なにか不都合でも？」

これ幸いと、思いをぶつける。

「ああ、よう聞いてくれた。冴紗が、…この馬鹿者が、またしても他国がらみの厄介ごとを持ち込んでくれたのだ！　朧偖《りょうせい》に騙されて、まだ日も経たぬというに、…ほんに、あとからあとから、呆《あき》れ果てるわ！」

冴紗は怯えた様子で立ちすくむのみ。

「いえ、わたしは……」

「ああ、ああ、おまえのせいではなかろうよ。すがりついてきたあやつらが悪い。だが断れぬおまえに罪咎《つみとが》がないとは言わせんぞ！　嘘だかまことだかもわからぬ、いまから行っても間に合うかすらわからぬ、まったくの異国へ、神国侈才邏《いざいら》の王である俺と、虹霓《こうげい》教最高神官、聖虹使《せいこうし》であるおまえが、飛んでやろうというのだ。それがいったいどういうことか、わからぬわけではあるまい。…俺たちになにかあったら、世が狂う。我が国のみならず、あらゆる国が混乱する。それをわかっていながら、安請け合いしおって！」

なにを言うても無駄なのは、わかっていた。

それでも、たったひとりの命を惜しんで、冴紗は行こうとするのであろう。

清らかすぎる心根は、ある意味残酷でもある。

おのれの命と引き換えでも、冴紗は人を救う。

つくづく我が身を嗤《わら》いたくなる。

……神の子に惚《ほ》れた、これが罰か。

羅剛自身はおのれの心の醜さを自覚している。人の命を秤《はかり》にかけねばならぬ痛苦も、いままで幾度も味わっている。

自分は、王だ。

修才邏の民のためなら命を捨てる覚悟はあるが、他国の、見たこともない国の民のために、命を捨てる気は毛頭なかった。

その思いは冴紗に関しても同様、…いや、さらに強い。冴紗をいっときでも悩ませたやつらなど、斬り捨ててやりたいほど憎らしい。冴紗の時間をいっときでも奪った者など、拷問にかけてやりたいほど疎ましい。

憤りのまま、声を張り上げる。

「永均《えいきん》を呼べ！　いますぐ！」

女官たちはおろおろしている。

「あの、ご入浴や夕餉《ゆうげ》は……」

「そのようなもの、できるかどうかもわからぬわ！　この馬鹿者のせいでな！　――ああ、それから、極寒の地へ行くのだ。冴紗のための厚手の服を用意しておけ。着替えもだ！」


ほどなく花の宮に永均騎士団長が現れた。

永均は赤省大臣であるが、軍の最高位である者は、別名『騎士団長』とも呼ばれる。

修才邏軍の要は『飛竜に乗る騎士団』であるためだ。

「お呼びでござるか」

片膝をつき、武人の挨拶をする永均。羅剛は単刀直入に告げた。

「冴紗とともに、北方の花爛へと赴く。大神殿に使者ふたりを残してきた。手足にひどい凍傷を負うておる。動けるようになったら飛竜に乗せ、追いかけてこい。俺たちは先に出立する」

さすがに顔色ひとつ変えず、尋ねてくる。

「決定事項でござるか」

「ああ。決定事項だ」

「御身《おんみ》と冴紗さまに、騎士団の守りは？」

「いらぬ。宰相たちにも相談なしの話だ。おおごとにしたくない。さっさと行って、さっさと終わらせてくるわ。…ああ、危険そうであったら飛竜から降りぬから、よけいな心配はするなよ？」

「花爛というと、氷の帝国ですな」

「知っているのか」

「赤省の文書には、大まかな地形と国の概要が書かれており申す」

ふん、と鼻で嗤ってやった。

「さすがだな。大神殿のじじいどもでもようわからぬ国だというに」

「それは致し方ないことかと。国交なき国の地形を調べるのであれば、飛竜で上空から視察するしか方策はないうえ、神官には飛竜の騎乗は許されており申さぬ」

「ああ、そうだな。飛竜は訓練を積まねば乗りこなせるものではないな。…許可を与えても、冴紗のように、いつまでたっても上達せぬ者もおるしな」

羅剛と永均の会話を、冴紗はしおたれた様子で聞いている。

「して、どれほど飛べば着く？　帝国の宮殿までだ」

永均は、一拍おいて答える。

「王宮より、侈才邏北部へ飛び、海沿いの汜濡《しじゅ》あたりで竜をいったん休め、一気に海を越えるとして、…たぶん最短二日」

「たしかか」

「なにぶん、古い書でござるゆえ、たしかとは申せませぬな」

「なにゆえ、花爛という国との国交がないのだ？　こちらの大陸内は、ほぼ修才邏の掌中であるのに。…国の広さは？　民はどれほどいる？　国はなにで成り立っておる？　兵と武器は？　使者どもは、兵などおらぬと申しておったが、真実か？　一面の雪野原で、目を傷めると言うておったが、対処法はわかるか？」

たてつづけの質問攻めに、永均はさらに数拍おき、

「ご命令とあらば、赤省の文書をお見せいたすが、帝国とは名ばかり、とるに足らぬ小国であり、さらには雪に閉ざされた蛮地であるゆえ、他国も侵略までには至らなかったと、…そう記憶いたしてござる。民もごくごく少数であるとか。兵の話も、聞いたことがございませぬな。――目の保護ならば、薄布を目に巻くか、青石を嵌め込んだ眼鏡《がんきょう》を用いるのが得策かと」

「そうか。しかしなにぶん、この目で見たわけではないしな。行ってみなければわからんというわけだ。とりあえず、なにか仕掛けられたら火矢で応戦できるよう、荷を準備してくれ。…その、眼鏡とやらも、だ」

ふと思いつき、尋ねてみる。

「ところで永均、――世というのは、丸くできておる、飛竜で飛べばひと月ほど、と書物に書かれていたが、それは真実か」

しばし考え、

「古い竜ならば、なるほど、ひと月は。しかし御身の飛竜は、よい竜をかけ合わせて仔《こ》を作らせた、修才邏生え抜きの竜。なるべく休ませずに飛ばせば、あるいは数週で、世のすべて見られるやもしれませぬな」

「そうか。…いつか見てみたいものだな。冴紗を伴って。…そのような日が来るかどうかもわからんがな」

話が一段落ついた際、永均は、ちらりと冴紗に視線を流した。

意味を解し、声を落として答える。

「あれの身体か…？　もう問題ない。大丈夫だ。おまえの働きで最悪の事態は免れた。おまえにはほんに感謝しておる」

しかしな、…いっそのこと鳥啼薬《ちょうていやく》が抜けずに、閨《ねや》に籠《こ》もりきりのほうが俺としてはありがたかったのだがな、と小声で本音をつけ加えた。

永均を帰してから、冴紗を呼ぶ。

「来い。急ぎ出立するが、夕餉を食うくらいはかまわんだろう」

夕餉の卓前の椅子にどかりと腰を下ろし、膝を叩いてやる。いつもどおり膝に座れ、という意味だ。

怯えた様子でおずおずと歩み寄り、それでも眉を下げて立ちすくんでいる。

焦《じ》れた羅剛は、腕を引き、冴紗を膝に引き上げた。

「来いと言うておろう。素直に従え」

つねより冴紗は、羽根のように軽いが、身を強張らせているため、さらに軽い。

膝に座らせたのち、背後から顔を覗き込み、尋ねてやる。

「なにが食いたい？　おまえのために厨《くりや》の者が腕を振るったのだぞ？　見てみい。どれも美味《うま》そうだ」

答える声は消え入るばかり。

「どれでも……」

「腹は空《す》いておらぬのか。ならば果実なら、どうだ？」

赤く実った果実である。真冬の食卓に供するためには、室《むろ》でときをかけ、丁寧に育てねばならぬ。だが冴紗のためなら、国中の者たちが喜んで働くのだ。

手を伸ばし、ひとつ果実を取り、みずから齧《かじ》ってみる。

王宮で冴紗に毒を盛る者などいるわけもないが、羅剛はできうるかぎり毒見をすることにしていた。傷んでいる料理や味の悪い料理も、自分が先に口にすれば、冴紗に食べさせずに済む。

「甘いな。香りもいい。…ほれ、食うてみい」

齧りかけを冴紗の口まで運ぶ。

にんぎょうのように唇をほどき、わずかに翳る。

しかし、すぐにうつむいてしまう。

次に冴紗の口から洩れたのは、悲しげな問い。

「………お怒《いか》りでございますか……？」

そう問うてくるかと、ため息まじりで尋ね返す。

「どう見える？」

「お怒りのように、…見えまする」

「ならば、なにゆえ怒っているのかは、わかるか？」

応えかけたようだが、喉の奥に言葉がからまったように、またしてもむこうを向いてうつむいてしまう。

背後から顎を摑《つか》み、無理やりこちらに向かせ、

「よい。言うてみよ。ここではだれも聞いてはおらぬ。おまえの、まことの思いを告げよ」

すると冴紗は、身をよじってこちらを向き、すがるように羅剛を見たのだ。

「言え、冴紗。命令だ」

その言葉を吐けばけっして拒めぬことをわかっての命《めい》だ。

唇を噛んでいた冴紗は、ようやく重い口を開いた。

「…………冴紗とて、…冴紗とて……」

言いつつ、恨みがましい目つきとなる。

不思議と。

怒りが波のように引いていった。

冴紗が自分を名で呼ぶのは、ふたりきりで甘えているときだけだ。

「なにが言いたい？　異国へなど行きたくなかった、と？　針子どもの縫うた新たな衣装をまとって、俺とともに街に出たかったと？」

冴紗は、声を尖《とが》らせた。

「おわかりなら、お尋ねにならないでくださいませ！」

もうこらえられなかった。腹の底から笑いが湧いてきた。

いまのいままで怒りの極致にいたというのに。

「しかたあるまい。俺だけが思うておることかと、心配になるのだ。おまえはあまりにおのれの望みを言わぬからの」

「ならば素直に申し上げまする！　冴紗のほうこそ、楽しみにいたしておりました！　わたしこそ、指折り数えて待っておりましたものを！」

いったん口に出したら、止まらなくなったらしい。

「羅剛さまこそ、おわかりになっておられませぬ。日々、御身を想い、御身のお声、御身のお姿を思い出し、繰り返し繰り返し心に描いて、お役目を果たしておりますものを。二日間離れて、冴紗がどれほど寂しい思いをしていたのか、…………なれど、…なれど、行かぬわけにはまいりませぬ。たとえ嘘であったとしても、間に合わずとも、人として、…いえ、畏れ多くも神の子を名乗る者として、見捨てるわけにはまいりませぬ。…御身をご不快にさせることも、ご迷惑をおかけすることも、…山を登って来る方々をお待たせすることも…………わたしが苦しんでいないとお思いですか？　この想い、胸を開いて、お見せしとうございます！」

背をかるく叩いてやめさせようとした。

「ああ、もうよい。わかった。わかったから、よい」

「いいえ！　よくはございませぬ！　なにゆえ羅剛さまは、わたしが懸命に想いをこらえておりますときには、お責めになられますのか。こうして想いを告げますと、お止めになられますのか」

「そう怒るな」

「怒りたくもなりまするっ！」

そうか、そうか。

怒っていると、その花びらのような唇を開いて俺に言うのか。そして、きつい口調でなじるのか。

……俺のいまの喜びがわかるか？

俺は、麗しい神の子としてのおまえを愛したのではないのだ。

嘘偽りの言葉などいらぬ。作りものの笑顔もいらぬ。

欲しいのは、おまえの本心だけだ。

気性の激しい、いざとなれば敵のただなかに弓矢ひとつで飛び出すようなおまえを、…

襲撃の日、反逆の兵士たちに怯《ひる》むことなく羅剛を庇《かば》いきった、あのときの痩せこけた小僧の姿を、自分はときどき見たくなるのやもしれぬ。

緩む頬を見て、冴紗はさらに憤りの表情となる。

「なにゆえ、そのようにお笑いになりまするっ？」

「なにゆえ？　嬉《うれ》しいからに決まっておろう」

「わかりませぬ！　わたしが怒ると、羅剛さまはかならずお笑いになります。思いを偽ることなく吐露しても、お笑いになります。…冴紗には御身のお心がわかりませぬ！」

いとしさを抑えきれず、羅剛は冴紗にくちづけていた。

あらがうように身悶えたが、深くくちづけていると、すぐに身体の強張りが解ける。

唇を離して、冴紗を見つめる。

睫毛を揺らし、見開いた瞳には、もう怒りの色はなかった。

「…………羅剛さまは、……ずるうございます」

なじる声にも、怒りはない。

「そうか。俺はずるいか。だが、そのずるい男を、おまえは愛しておるのだろう？」

冴紗の声にも、密《ひそ》やかな色が混じり始めた。

「いいえ。……いいえ」

「では、なんだ？　愛しておらぬのか？」

ふてくされた様子でつけ加える。

「心より、が足りませぬ」

心より、愛している、と？

なんと可愛《かわい》らしいことを。

けっきょくいつもこうだ。怒りがあろうと、妬心があろうと、冴紗と触れ合えばすべて霧散する。いや、黒い想いをいだいたぶんだけ、喜びと幸せが押し寄せてくる。

見ると——水時計の針は、たいして動いてはいない様子。

羅剛は冴紗の耳もとでささやいた。

「あまりときはかけぬ。……よいか……？」

出立前に肌を重ねたい。身体が昂《たかぶ》ったまま、出かけたくはない。

だが冴紗は返事をしない。

「どうした？　ん？　厭か？」

指先で顎を持ち上げ、尋ねてやる。

目のなかに拒絶の色は見られぬ。それどころか、女官たちの言う『うっとり』とした目つきになっている。

甘苦しい感覚で胸がざわつく。

言葉すくない冴紗だが、言葉以上の表情が胸を焼く。

「厭なのではなく、ときをかけたかったのか？」

それが正解であったらしい。冴紗は悔しそうに視線をそらす。

おわかりならば尋ねないでくださいませ。

ほとんど聞き取れぬ声でそうつぶやくと、冴紗はほっそりとした腕を持ち上げ、みずから羅剛にすがりついてくる。

……ほんに、のう。

甘えてくる冴紗は、凶悪なまでに愛らしい。

激情に突き動かされるまま、冴紗を抱き上げ、褥へと向かう。

そっと寝台に横たえ、身を倒す。

幾度肌を重ねても、このときばかりは喜びに胸が震える――。

Ⅳ　見知らぬ地へと出立

　夜も明けきらぬ早朝。

　見送りは、永均《えいきん》と花《はな》の宮《みや》の女官《じょかん》たちだけであった。

　乗るのは羅剛《らごう》の雄竜《おすりゅう》だが、念のため冴紗《さしゃ》の雌竜《めすりゅう》も連れていくことにした。そちらに荷を積み込み、再度言い置く。

「では、頼むぞ永均。大神殿に向かい、使者たちの手当てが済み次第、騎士団ともども花爛《からん》へと出立してくれ。――ああ、くれぐれも宰相どもには内密にするのだぞ？　あやつらは頭が固いからの」

　永均はひとことだけで承諾の意を示す。

「御意《ぎょい》」

　女官たちのほうは、いそいそと冴紗の世話を焼いている。

「途中で上がれるように、軽食を包んでおきましたから」

「お寒くはございませんか？　もう少々お召しになられます？」

そうは言っても、頭巾つき外套《がいとう》を着せつけ、厚手の手袋靴下、膝までの長靴《ちょうか》、さらには長裾の下に袴《こ》服《ふく》まで穿《は》かせるという徹底ぶりだ。

「いえ、大丈夫です。十分あたたこうございますゆえ」

「お召し替えの虹服も、銀服も、積みましたわ。どちらのお飾りも、それから弓矢も荷に入れてありますから、必要でしたらお遣いくださいましね？　眼鏡《がんきょう》もございますから」

「ほんに、王さまのご心配症も、たまには役に立ちますわね。これほど、さまざまな衣装をお作りでしたもの」

昏の端だけで笑ってやる。

「防寒着などは、あまり使わせたくはなかったがな」

雌竜には、一週ほどの着替え、飛竜《ひりゅう》の餌《えさ》、あちらの国へのみやげとして花を十鉢ほど積ませた。

さらには黒竜旗と虹竜旗。

このたびは正式な行幸ではないため、あえて旗は掲げぬが、なにかあったら掲げねばならぬからだ。

支度を終えた女官たちは、不満げにぶつぶつつぶやいている。

「それにしても、……どこの国の王だか知りませんけれど、冴紗さまにご来駕《らいが》を願うとは、身のほど知らずにもほどがありますわ」

「まったくですわ。正式な書状もよこさず、こんな急に。冴紗さまのご都合も考えずに、…ほんに腹立たしい」

ついには羅剛にまで話を振ってくる。

「王さま、その不埒な王を、すこし懲らしめてきてくださいませね？　このように私ども、たいそう怒っておりますから」

自分が思っていることをすべて女官たちが代弁してくれたので、羅剛も鷹揚《おうよう》にうなずいてやった。

「ああ、わかった。よいみやげ話を期待していろ」


いつもどおり前に冴紗を座らせ、背後から抱き締める恰好《かっこう》で手綱を握る。

「行け！　北方へ向かえ！」

けーん、と一声鳴き、飛竜は羽ばたきを始める。

雪は降りやみ、早朝の空は身を切るばかりの冷気に支配されていた。

しかし羅剛の心も身体も温かかった。

まだ肌を重ねた熱さが残っている。

上空まで昇り、他者に声が聞こえなくなってから――冴紗はうしろに身をよじり、謝ってきた。

「まこと、申し訳ございませぬ。お休みになられずの出立で……。わたしはおのれの気持ちばかりで、御身《おんみ》のご苦労を慮っておりませんでした。せめて一夜、御寝《げし》なさってからのほうがよろしかったのでは……？」

手を伸ばし、頬を撫でてやる。

「かまわぬ。おまえは、飛んでいるあいだ、寝ておれ。俺は、数日ぐらい寝ずとも問題はない。戦場《いくさば》では、寝る間などなかったからの」

「なれど、それでは…」

「いいのだ。おまえは、人の命を救おうとする。怒りはしたが、その心映えは美しいと思うのだ。美しい心映えの妻を持つのは、夫としてたいそう嬉しいことだ」

「お優しいお言葉を」

「幾度も言うておろうが？　俺は優しいのではなく、おまえを愛しておるだけだ」

冴紗は言葉を呑み込む。虹の睫毛に涙がからんでいる。

苦笑してしまった。

「ほんに、よう泣くやつだ。だが、泣くでないぞ？　…おまえのためにすることなら、俺は苦痛などいっさい感じぬのだ。それどころか、喜びしか湧き起こらぬ」

「……はい。…はい。ありがたき幸せに存じまする」

羅剛といるときの冴紗は、ほんとうによく怒り、よく涙する。声をたてて笑いもする。

そういう飾らぬさまを見るたび、幸せに胸が熱くなる。

……幸せと、優越感、か。

世のだれも見られぬ姿だ。

聖虹使《せいこうし》としても、王妃としても、冴紗はつねに淑《しと》やかに、優美にふるまう。おのれの感情は抑え込み、憤らず、声を荒らげず、おだやかな口調で、清らかな言葉だけを紡ぐ。

それが人々の望む姿であるからだ。

……だが、俺だけは真実の冴紗の姿を見られるのだ。

さきほどまで、裸の冴紗と閨で睦《むつ》んでいた。いまはこうして、ふたりきりで飛竜の背の上にいる。これを幸福と呼ばずして、なんと呼べばいいのだ？

「考えてみれば、おまえとともにおれるなら、俺は、行く先などどこでもかまわぬのだ。景色も、美しければ愛で、汚ければ笑い合える。…なにがあっても、なにをしても、俺はおまえといるだけで嬉しく、楽しいのだ」

冴紗はみずからの手を羅剛の手に重ねてきた。

「わたしも、でございます。羅剛さまといられるだけで、冴紗は幸せでございます」

「ならば、これはこれで異国への旅だと思おう。…揚げ菓子は食えぬだろうがな」

冴紗はくすっと笑った。

「揚げ菓子を食べには、またお連れくださいますのでしょう？」

「ああ。いくらでも、な。俺は、おまえの頼みには弱いのだ。おまえを喜ばせたくてたまらぬ、恋に狂《たぶ》れた男なのだ」

「冴紗こそ、御身に狂れておりますが？」

羅剛も笑った。

「言うようになったものよのう」

「わたしもすこしは学びました。本心を申し上げると、羅剛さまはお喜びになられるということに」

「ああ。そうだ。そのとおりだ」

そこまで言うと、冴紗は黙る。なにか言いたそうなので、先を読んで尋ねてやる。

「ん？　どうした？　得意の言葉は吐かぬのか？　くちづけを賜りたく、と」

恥ずかしそうにうつむいてしまう。

「……申しませぬ」

「なぜだ？」

「…………まだ、…御身のお身体の熱さが身に残っておりますゆえ、…くちづけを賜りましたら、また燃え上がってしまいまする」

羅剛も笑いつつ同意した。

「そうだな。俺も、まだ熱い。…はよう戻って、また……」

冴紗も恥ずかしそうにうなずいた。

「……はい」


しらじらと夜が明け始めていた。

雪のやんだ蒼穹《そうきゅう》は、高く晴れ渡り、射《さ》してきた陽《ひ》の光は、わずかばかりでも身を温めてくれた。

重い役目を担っているというのに、奇妙なほど凪いだ心地であった。

永均は、急げば二日で着くと話していたが、いまは冴紗を乗せている。なるべく速駆けは避けたかった。飛竜が全速力を出すと、訓練を積んだ者でさえ振り落とされそうになるからだ。

……三日、四日、かけて行くのが妥当であろうな。

事情が事情だ。できるかぎり急ぐ気ではあったが、反対に、それほど急いでも仕方ない、という思いもあった。

使者たちのありさまを鑑《かんが》みて、最悪の事態も想定していた。

国など、もうないのではないか。

行っても、皇帝とやらが友好的とはかぎらぬし、冴紗とおとなしく話をするかどうかも疑わしい。

使者たちはああ弁明したが、花爛という国が冴紗を欲しがって画策した罠《わな》であるやもしれぬのだ。

それでもとにかく、行くということが重要だ。むこうでなにが起ころうと、臨機応変に対処するしかない。

修才邏《いざいら》内では、比較的低く飛び、遊覧するように国のありさまを冴紗に見せてやった。

王宮から国境まで、徒歩ならひと月近くかかるはずだが、飛竜であれば二十刻ていどで飛べる。

「こうしてあらためて見ると、我が国はほんに花の咲き誇る国であるのだな」

むろん冬である。寒さは厳しい。が、寒さのなかでも花の咲く種があまたある。偉早悧《いさり》たちが驚いたのも無理はないのだ。

「はい。上空から見ましても、色鮮やかなさまが見て取れますする」

想いを込めて、言葉を吐く。

「よう見ておけ。俺たちの治めている国だ」

「はい。みなさまが幸福でありますよう、みなさまが安らげるよい国となりますよう、微力ではございますが、誠心誠意お勤めさせていただきまする」

「そうだな。俺たちは、この国の『金色の太陽』と『銀の月』であるのだからな」

「………地を照らし、日夜世を治めよ」

冴紗が小声でつぶやいた言葉を聞き咎め、

「ああ？　なんだ？」

「……あ、はい。虹霓《こうげい》教聖典《きょう》の一節でございます。神が太陽と月をお造りになられた際、宣《のたま》わったお言葉でございます」

「そうか。…そうだな。一度くらいは聖典とやらを読んでみるとするか。俺はあまりにも虹霓教を知らぬからの。…我が妃が聖虹使であるというに」

するると冴紗は応えたのだ。

「……いいえ」

「なんだ？　読むなと言うのか？」

なにやら言い淀《よど》んでいるので、あてずっぽうで訊《き》いてやる。

「俺は、いまのままでよいのか？　虹霓教の詳細など理解せぬまま、おまえを崇めることもせぬ男のほうが、おまえは安らげるのか？」

それが正解であったようだ。

冴紗は身をよじり、頰を羅剛の胸にすり寄せてきた。

胸の痛くなるような想いで、羅剛はうなずいた。

「――そうか」

世の最高位に立つということは、それほど苦しいものなのか。

……その座に、おまえは十五の歳から就いているのだからな。

そして、ようやくわかった。冴紗は冴紗なりに、自分に甘えてくれているのだ、と。

ならば生涯、聖典など読むまい。

国教も解さぬ無知蒙昧《もうまい》の王と謗《そし》られても、かまいはせぬ。自分にとっては、冴紗の心の平安のほうが重要なのだから。


修才邏の国境《くにざかい》……いや、もと修才邏の国境と言い変えるべきか、――を越え、州をいくつか過ぎ、陽が傾きかけたころに、遠く海が見え始めた。

大陸の最北に位置するのが、汜濡《しじゅ》国だ。

「ここらで飛竜を休ませろと永均が言うておったな。そろそろ日没であるし、おまえも飛竜もいいかげん疲れただろう。いったん降りるか」

「はい」

じっさいのところ、汜濡ではなくとも、海沿いの国、どこへ降りても問題はないのだ。

どの国も修才邏の属国だ。急な訪《おとな》いであっても、それなりの応対はしてくれるはずだ。

市街地を抜け、城門に囲まれた王城を目指す。

予想はしていたが、――城壁を越えたあたりで、衛兵たちが空を見上げて騒ぎ出した。

見ろ、飛竜だっ！　飛竜が降りてくるぞ！

おお、黒衣を召されているっ。…あれは、修才邏王だっ！

名乗る必要もない。虹を崇める国々で、黒衣は葬礼の際にしか着用せぬ色。それを身につけ、飛竜を操る者は、世に羅剛しかおらぬのだ。

衛兵たちは、挙措《きょそ》を失った様子であわてふためいている。

竜の背から声をかけてやった。

「驚かせてすまぬな。伝書竜も飛ばさずの来訪だが、汜濡王に目通りを願う」

衛兵も声高に返してくる。

「……か、畏《かしこ》まりました！　しばしお待ちを！」

ほどなく、衛兵たちに負けず劣らず、それこそ、こけつまろびつというていで、王と王妃が王宮から飛び出してきた。

属国とはなったが、いまだ『王』と『王妃』の称号は取り上げていないため、金服銀服を着用している。

汜濡国王夫妻には、幾度か会ったことがある。

恰幅《かっぷく》のいい王、対して痩身《そうしん》の王妃である。どちらも六十過ぎといった年回り、性格もおだやかで、親しみやすい。

　そういったことも考え合わせ、永均も汜濡の名を挙げたのであろう。

汜濡王は空を見上げ、

「修才邏王っ！　こ、これは、…いったい……」

　ころよしと見て、飛竜を宮庭に降ろす。

　空から降りてくる二頭の飛竜を見て、王と王妃はおそるおそるといったさまで歩み寄ってきた。震えているのが見てわかるほどだ。

　あまりの怯えように、笑いを噛み殺しつつ尋ねてやる。

「どうした？　飛竜を間近で見るのは初めてか？　…そう恐れずとも、おまえらを取って喰《く》いはせぬ。大きさに驚くのは無理もないがな」

「……は、はい」

　それでも、ふたりとも身動きできぬ様子で立ちすくんでいる。

　羅剛は簡単に用件を告げた。

「しばし飛竜を休ませてくれ。餌も所望だ。干し草か果実がよい。いま言うたとおり、こいつらは人の肉は喰わぬのでな」

「も、もちろん、喜んでご用意させていただきますが……」

「長く飛んできて、これからまだ長く飛ばねばならぬのだ。餌はむろん持参したが、万が一のことを考えて、ここでも与えておきたい」

そこで、王妃の視線が羅剛の前へと流れた。

「あ、あの、修才邏王、もうひとりのお方は……？」

そこでようやく冴紗の虹服に気づいたらしい。

とたん、ひっくりかえったような声を上げた。

「……………もしや……もしや、御子《みこ》さま……でいらっしゃる……？」

王妃は、力を失ったように、へなへなと地にへたり込んでしまった。

「なんとっ⁉　聖虹使さまもごいっしょでございますか…っ？」

王までもが、冴紗を見て、二、三歩うしろによろめいた。

おおげさな狼狽に、噴き出してしまいそうになった。

「おいおい。そこまで驚くことではあるまい？　これは聖虹使ではあるが、俺の妃でもあるのでな。俺とともに飛竜に乗るとなれば、これ以外にはおらぬわ」

羅剛は地へと足を下ろし、次に、冴紗を抱き上げて降ろしてやる。

ところが。冴紗がかるくほほえみ、

「突然参りまして、申し訳ございませぬ。お世話をおかけいたします」

挨拶の言葉を吐くか吐かぬかのうちに、王妃が悲鳴のような声を上げ始めた。

「ああ！　虹の御子さまが、我が国の地をお踏みになられた！　…ああ、なんという僥《ぎょう》倖《こう》でございましょう！　お踏みになられた場所から、地が清められていくようでございます。空気が爽やぐようでございます。なんと眩《まばゆ》く、麗しく、なんと、…ああ、なんと……」

ああ、ああ、と立てつづけに感嘆の言葉を吐く王妃を見て、卒倒でもしてしまうのではないかと思ったが、——はっと気づけば、汜濡王も同様のありさま。まわりにいた兵士たちも地に膝をつき、みな手を揉《も》みしだかんばかりに冴紗を拝んでいる。

汜濡は大陸最北端の国。むろん雪も多く、城の庭も純白に染まっている。その上での跪《き》拝《はい》である。

羅剛は苦笑まじりに告げてやった。

「ぬか喜びをさせたようで悪いが、じつは、ほかの用事の途中だ。ここが目的地ではないのだ」

王妃は涙を浮かべて言い返してくる。

「いいえっ、…それでも、望外の喜びに存じまする！　なんと幸栄なことでございましょう！　修才邏王と、王妃さまが、この地をお踏みくださるとは……！」

王もまた喜悦で目を潤ませ、

「ありがたいことでございますっ。我が国の誉《ほま》れでございます！　我々の代でこれほどの僥倖を頂戴できるとは、…清く生きてきた甲斐《かい》がありました。天帝に、そして御子さまに、衷心《ちゅうしん》より感謝いたします!」

夫妻揃ってのあまりの感動ぶりに少々呆れてきたが、冴紗のほうは人々の大騒ぎには慣れている様子で、淡々と言葉を返すのだ。

やわらかな笑みを浮かべたままで、

「どうぞ、お顔をお上げくださいませ。こちらこそ、御国《おんこく》の地を踏めましたこと、幸いに存じまする」

さすがだと感心する。

……ついさきほどまで、俺の腕のなかで愛らしい甘え声を出していたのにのう。他者の前となると、とうぜんのごとくに『聖虹使』のたたずまいとなる。

そして、感慨深く思うのだ。

深い森のなかで育ち、学舎にすら通っていなかった冴紗が、高貴な語り口、立ち居ふるまいを身につけるまで、どれほど苦労したことか、と。

親には、虹霓教の『こ』の字さえ教えられずにきた、と初めて逢《あ》ったとき、語っていた。字がかろうじて読み書きできるていど、世の成り立ちも知らず、みずからの容姿の持つ意味も、本人はまったく理解していなかった。

日々『神の子』を装うために努力し、いまも日々努力しつづけているからこその、『聖虹使』の姿だ。

だが、そのようなことは、だれも知らぬままでいい。

ともに少年期を過ごし、ともに未来を生きる自分だけが、胸に収めておけばよいことだ。

王妃は、思いついたように家臣たちに叫ぶ。

「ああ、…みな、なにをしているのです！　修才邏王と御子さまに、お食事のご用意を！　…飛竜の餌も、用意なさい！　…急ぎなさい！　急ぐのです！　早くっ！　すぐにっ！」

面倒くさいのう、という本音は懸命に呑み込み、羅剛はうなずいた。

「うむ。では頼む」


それからは、城内、蜂の巣をつついたような大騒ぎとなった。

王と王妃はもちろんのこと、他の王族、家臣たちもがとっかえひっかえ顔を出し、冴紗の顔を拝しては、床に這いつくばって随喜《ずいき》の涙を流すのだ。

通された客間には、あとからあとから豪勢な料理が運び込まれてくる。

大卓に所せましと並べられた料理を見て、胸焼けが起きそうになった。

ちらりと横を見ると、冴紗も複雑な表情となっている。

「……困りました。これほどいただくことはできませんのに……」

つぶやく声に、ささやき返す。

「しかたない。むこうが作りたいのだし、おまえに供したいのだ。許してやれ」

そうはいっても、いいかげん辟易としてきた。

室内の壁ぎわに数十名が跪拝しているなかで、どれほどの馳走《ちそう》を口にしても、美味いわけがない。

……これなら、野で休んだほうがましであったな。

自分も冴紗も他者の歓待には慣れているが、どちらも生来質素を好むたちなのだ。

つけ加えれば、つねに人に取り囲まれていなければならぬ人間にとって、もっとも安らげるのは、他者の目がない場所だ。

かたちだけ食事を済ませたら、早々に出立するか。

そう思った矢先であった。

汜濡王が哀訴のさまとなったのだ。

「畏れながら……修才邏王。どちらへ行かれるのでございましょうか？　お急ぎでなければ、御子さまともども、どうか我が城で一晩お過ごしいただけませんか……？」

あんのじょう言い出したか、という問いだ。

「いや、すまぬが、ほんとうに急ぎであるのだ」

「ですが、また吹雪いてくるかもしれません。僭越《せんえつ》であることは重々承知いたしておりますが、夜間の飛行となりましたら、危険もございますし、…それに、御子さまのお身体にも、外の寒さは障りましょう」

たしかに、いったん温まってしまってからの出立は、気が重い。

飛竜もそれほど夜目がきくわけではないので、夜間の飛行は速度が落ちる。加えて冴紗の身体のことまで持ち出されては、羅剛もうなずくしかない。

「……そうだな。それでは、言葉に甘えて、一泊させてもらうとするか」

とたん、汜濡王夫妻は歓喜の声を上げた。

「ありがたき、…ありがたき幸せに存じます！」

「すぐにお部屋の支度をさせまするので、…ああ、まことに、感謝の想いで胸がいっぱいでございます！」

羅剛は重い気持ちを呑み込むのに苦労した。

Ⅴ　凍りつく大地

むろん汜濡《しじゅ》国での一夜は、素晴らしいものであった。

暖かく清潔な客間に、湯の溢《あふ》れる美しい湯殿。供された食事も含め、まさに至れり尽くせりのもてなしで、文句などひとつもない歓待ではあったのだが、——やはり翌朝、しつこく引き留められてしまった。

せめて朝餉《あさげ》を、せめて城内のご案内を、しまいには、せめてあと一刻でも、半刻でも、と床に這いつくばったまま半泣きで乞われ、……このままでは生涯飛び立てなくなるのでは、と危機感をいだいた羅剛《らごう》は、ついに突き放すように告げた。

「……いいかげんに解放してくれ。ほんに急ぎであるのだ。人の命がかかっておるのでな。また機会があれば寄らせてもらうゆえ、このたびは、行かせてくれ」

とどめに、冴紗《さしや》がほほえみ、

「急な訪《おとな》いでございましたのに、素晴らしいご歓待をいただきまして、心より感謝いたします。どうぞ、次に会うまで、お健《すこ》やかにお過ごしくださいますよう。貴国のみなさまがご息災でありますよう、父に代わりまして、お祈りいたしております」

きっぱりとそこまで言うと、汜濡王たちはしぶしぶではあるが、あきらめてくれた。

ふたたび竜上の人となれたのは、昼近くであった。

上空まで昇ってから、羅剛はようやく本音を吐き出せた。

「……まいった。ほんに気疲れしたわ。悪気でやっておるわけではないから、よけい始末におえぬ。永均《えいきん》が汜濡に寄れというから寄ったのだが、…あやつにも読めぬことがあったらしいのう。おまえが寄ったら、王たちが放さぬということをな」

冴紗は眉を下げている。

「少々申し訳ないことをいたしました。あそこまでご歓待くださいましたのに」

「そうだな。急ぎでなければ、もうしばらく滞在してもよかったのだがな」

心優しい冴紗は、本気で申し訳ないと思うているらしい。

「はい。また、なにかのかたちでお礼をしとうございます」

「礼か。ならばあとで、おまえの着た服でも送っておくか。あれらにとっては、金品などより、それがもっとも嬉しかろう」

「では、わたしも感謝の手紙を書きまする。ともに送ってくださいませ」

「ああ。さぞかし喜ぶだろうよ。神座に祀って拝みそうだな」

それからしばし陸地を飛び、いよいよ海上へと出た。

驚くことに、海は一面凍っていた。

どこまでも、どこまでも、だ。

冬の海上を飛んだことなど幾度もある。だがそれは北海ではなかった。東南西の各海は、真冬でも凍りはしないのだ。

初めて見る茫漠《ぼうばく》たる氷原に、羅剛は言葉を失った。

……凄まじいな。この凍る大海原《おおうなばら》を、あやつらは渡ってきたというのか。

自分たちは飛竜《ひりゅう》の背から眺めているが、これでは筏など漕げぬだろう。氷を割りつつ進めるか、氷上を歩むしかなかったろう。

仲間を八名失ったというのは、真実であったのだ。

凍る海底に、その者たちの骸《むくろ》が沈んでいる幻さえ見えるようだ。羅剛は我知らず胸を押さえていた。

冴紗も言葉を失ったように、ただただ凍る海を見つめている。

山もない。森も木もない。人の手が加わった建造物もない。

むろん海上だ。それはとうぜんのことではあるが、常日頃見ている海には、波があるのだ。深い箇所では色が濃くなり、渦なども見て取れる。海獣や魚が見えることもある。

それらもろもろが、いっさいない。

ときが止まったかのごときありさまなのだ。

……これでは、目的地が定まらぬのではないか。

冴紗の手前、平常心のふりをつづけていたが、羅剛は内心悔やみ始めていた。

無事に海を渡りきることができるのか。

渡りきっても、その先はどうする？

先導する者がいなければ宮殿にたどり着くのは難しいと、偉早悧《いさり》たちは言った。妙な意地など張らず、あの忠告を聞いておけばよかったと。

だが、正直を言うと、あの者たちを動かすのは憚《はばか》られた。荒ぶる黒獣と恐れられた羅剛であっても、わずかばかりの慈悲はあるのだ。


目標のない氷原を延々と飛び、陽も落ちかけてきた。

あたりは翳翳《えいえい》と、濃紫《こむらさき》に包まれ始めている。

……いったいどれほど遠いのだ。

どこまで飛べば、氷の大陸とやらに着く？

飛竜はまっすぐ進んでいるのか？　もしや方角が定まらず、ぐるぐると旋回しているのではあるまいか？

なまじ汜濡で温かな歓待を受けたあとだけに、寒さがつらい。

吹きすさぶ風は、断末魔の叫びのごとく恐ろしい音をたて、情け容赦もなく身を突き刺す。幾万の鋭い氷の刃で斬りつけられているようだ。

腕のなかの冴紗に尋ねてやる。

「大丈夫か？　寒くはないか？」

風にあらがうような、震える返事。

「……は、はい。大丈夫でございます。羅剛さまこそ、お寒くはございませぬか？」

羅剛は、つい本音を吐いてしまった。

「寒いな。さすがに。身が凍るようだ」

せめてもの救いは、飛竜が疲れを見せずに飛んでいることだ。

とはいえ、いいかげん長く飛んでいる。

……飛竜を休ませるにしても、できたら陸地に降ろしたいのだが……。

そろそろ海を越えてもいいはずだが、なにしろ一面の氷原であるので、海だか陸《くが》だか区別がつかぬのだ。

焦燥感で胸が焦げつく。

冬の陽はあっという間に落ちきってしまう。

陸地ならば、夜間でも人の暮らす街には火が灯《とも》っている。

しかし海上では、月星だけが頼りの飛行だ。

唐突に。

背筋が凍るような感覚に襲われた。

……このままたどり着けなんだら……。

やはり、自分が悪者となって、この話は止めるべきであったのか。もし無事に戻れなかったら、万が一の事態が起きてしまったら……。

自分たちも海に沈むことになる。

だれにも知られぬまま、この恐ろしい氷の海底に……。


そのときである。

羅剛の不安を払拭するかのように、ふいに冴紗が声を上げたのだ。

「羅剛さま、ご覧くださいませ！　…虹が！　虹が、あれ、あのように！」

ななめ前方を指差している。

先に視線をやると——なんと、きらきらと七色に光る虹が！

しかし、弓型ではない。布のごとき形態だ。それがまるで風に揺れる窓布のように夜空を彩っているのだ。

……なんなのだ、あれは……っ！

冴紗は興奮した様子で、声を上擦らせている。

「あのようにかかる虹、わたしは初めて見ました！」

「ああ、俺もだ」

「なんと美しいのでございましょう！」

「そうだな。煌《きら》びやかな光が、夜空を覆い尽くすようだ」

「あの虹の名をご存じですか？」

「いや。知らぬ」

腕のなかの冴紗が、くすりと笑う。

「なんだ？　虹の御子《みこ》であるおまえですら知らぬ形の虹だぞ？　俺が知っているわけがなかろう？　俺に知らぬことがあるのが、おかしいか？」

「いいえ。おかしかったのではなく、…飾らぬお人柄と思いまして」

振り向き、恥ずかしそうにつけ加える。

「あの、……出立の際、お褒めくださいましたこと、…妻の立場から申しましても、夫であられるお方が、飾らぬお人柄であることは、たいそう嬉しゅうございます。御身《おんみ》は嘘偽りをおっしゃいませぬ。…なので、安堵できまする」

あまりに素直な賛辞に、赤面でもしそうであった。

「……そう褒めるな。俺としては、もう少々言葉を抑えたほうがよいとは思うておるのだ。

…たしかに嘘はつかぬが、口が悪すぎるのでな。おまえにも、ときどきつらくあたりすぎると、おのれでも反省しておる」

冴紗はくすくすと、小鳥のようにかろやかな笑い声をたてる。

「いいえ。羅剛さまは、真実だけをおっしゃいます。つらくあたる、といっても、それは冴紗がいけないことをしたときだけでございます。まちがいをしっかりとご指摘くださいますので、…とても、ありがたく思うております」

「……そうか」

頬が熱い。冴紗に褒められると、自分はほんとうに赤面してしまうようだ。

いい歳をして恥ずかしいとは思うが、嬉しいのだからしかたがない。

顔を寄せると、冴紗も瞼《まぶた》を閉じ、唇を寄せてくる。

互いの熱と想いを合わせるように、くちづけをした。

唇を離し、見つめ合ってしまった。

夜空の虹の光で、冴紗はさらに美しかった。

くちづけなど数え切れぬほどしているというのに、胸が震える。

想う相手に想われているのは、なんと幸福なことか。

あらためて、なんとしても冴紗を守り抜かねば、自分などどうなってもかまわぬ、冴紗だけは無事に侈才邏《いざいら》へと帰さなければ、と決意を固める。

そこで羅剛は思いついたのだ。

……もしや、あの虹を目指して飛べば、陸地にたどり着くのではないか？

冴紗もおなじことを考えたようだ。

ふたたび前へと向きなおり、虹を指差し、宣《せん》するように告げたのだ。

「羅剛さま。あちらへ飛びましょう。——あれはきっと、天帝さまのお導きでございますゆえ」

「ああ。いま俺もそう思うておったわ」

手綱を引き、飛首を向けさせる。

「疲れておろうが、頑張ってくれ。あの虹に向かって行け」

賭けてみる価値はある。

いや、あれに賭けるしか、いまは道がない。

Ⅵ　氷の大地に住む人々

なかば眠りかけていたのやもしれぬ。
夢かうつつかわからぬような虹に導かれ、どれほどのときを飛んだのか。
気づくと——あたりがほんのりと明るかった。朝だ。夜の底が白んできているのだ。
地上に目をやって、驚いた。
……雪が積もっている……？
地に、おうとつが見える。瞬《まばた》きをしても、見まちがいではない。
鼓動が高まった。ではようやく陸地へとたどり着いたのだ！
しかし、一面の白。
見渡すかぎり、白銀の世界だ。
うつらうつらしていた冴紗《さしゃ》も、下界の変化に気づいたらしい。
「……陸地、でございますか……？」
「ああ。安心せい。海は無事渡りきったぞ」

「まことでございますか！」

広がる白銀を見渡し、冴紗は胸いっぱいに空気を吸い込むように、何度か大きく深呼吸をした。

「清々《すがすが》しゅうございます。空気の香りがちがって感じられまする」

「そうだな」

凛冽《りんれつ》たる寒気は変わらぬが、やはり陸地の上を飛んでいるとなると心が落ち着く。

「ずいぶんと長い夜でございましたね」

「ああ。まだ明けきらぬようだ。早う陽が昇ってくれればよいのだがな」

物珍しげに、あちこち眺めていた冴紗が、なにやらつぶやいた。

「地で、動くものが……？」

「どこだ？　動くものが見えたのか？」

「は、い。なにか見えたような、…暗くて見づらいのですが……あ、あちらでございます！　見えませぬか？　…ほら、たくさん群れて！　この地の獣でございましょうか？」

幼子《おさなご》のごときはしゃぎぶりに、思わず頬が緩んでしまう。

陸地にたどり着けたことで、冴紗も安堵しているのであろう。

近づくにつれ、動きがよく見えるようになった。たしかに、茶色の塊が十数頭、蠢《うごめ》いているようだ。

だが、どうも様子がおかしい。明けきらぬ薄昏《うすぐら》のなか、目を凝らして見て、

「いや、……待て。あれは獣、…ではないようだぞ……？」

冴紗もじっと見つめて、

「……さようでございますね。動きがちがうように見えまする。もしや、この国の人々でございましょうか？」

「もしや、…ではない。まことに民のようだ」

茶色く見えたのは、獣皮の服、頭巾を身につけていたためらしい。

偉早悧《いさり》たちもそうであったが、この国の民は獣の皮で衣服を作るようだ。極寒の地ゆえ、それがもっとも暖かいのであろう。

「なにをしているのでしょう？」

「漁をしているようだな」

氷に穴を開け、そこに罠を仕掛けているらしい。

男たちが網を引き揚げていた。

その者たちの上空を飛ぶ際、羽ばたきの音が聞こえたようだ。

男たちは反射的に空を見上げ、ぽかんと口を開けた。

「もう少々飛んでみるか。あれだけ人がいるなら、近くに街もあるやもしれぬ」

その直後、冴紗が声を上げた。

「ご覧くださいませ、羅剛《らごう》さま！　あちらに子供が、子供たちがいます！　雪でなにやら遊んでいたようでございます」

言葉のとおり、漁民よりも小さい茶色が、十ほど。

子供たちも空を見上げ、飛竜《ひりゅう》に気づいたようだ。両手を広げ、手を振ってきた。

冴紗は、ひどく興奮した様子で、

「わたしたちに手を振っておりまする！　…そうですよね？　わたしたちに振っているのですよね？　振り返してもかまいませぬか？」

「ああ。好きにせい」

くるみこんだ外套から手を出し、冴紗はおずおずと下に向かい、振り返した。

子供たちはそうとう嬉しかったらしい。とたん、空にまで聞こえるような歓声を上げたのだ。

さらに、きゃあきゃあとはしゃぎながら、雪上を駆け出した。

「ああ！　追いかけてきます！　羅剛さま、もうすこしゆっくり飛んでくださいませ。子供たちが追いつけませぬ！」

「これ。そう身を乗り出すな。危ないではないか」

冴紗は手を振るのに夢中で、背後からきつく抱き締めていなければ、飛竜から落ちてしまいそうだ。

そのときである。

急に、視界が曇ったのだ。

強烈な熱気と湿気に取り巻かれた。

……蒸気か……っ？

飛竜は、けぇぇい、けぇぇいっ、と身悶えし、苦しげに鳴く。

すぐに抜けたが、振り返って見ると、地から蒸気が噴き上がっているではないか。

羅剛は舌打ちした。

まずい。飛竜は熱さにたいへん弱い生き物なのだ。熱さと、湿気に。

つまり、蒸気というのは飛竜にとっては天敵のようなものだ。

さらに、雪に塗りこめられた地だ。下になにがあって、どういう理由で蒸気が噴き出しているのかわからぬのだ。不意打ちを食らってしまって飛竜が激しく身悶えたりしたら、最悪の場合、墜落してしまう。

「しかたない。いったん降りるしかないな」

この地には子供もいる。土着の民たちも無体なまねはするまいと、覚悟を決め、竜首を下げる。

二頭の飛竜が雪原に降り立つと、子供たちは我先にと駆け寄ってきた。

さきほど漁をしていた男たちも、走ってきた。網も魚も持っていないところを見ると、すべて放り出して駆けてきたにちがいない。

羅剛たちは、あっという間に大勢に取り囲まれてしまった。

みな、顔を輝かせている。敵意などいっさい見られない。

雪焼けした、素朴な面差しの者たちばかりだ。興味津々というさまで、語りかけてきた。

「この獣は、なんですかい?」

尋ねる言葉づかいも、じつに純朴だ。

これなら降りても問題なかろう、と地に足をつけ、答えてやる。

「飛竜という生き物だ。初めて見るか?」

「ああ。こんなでけえ獣が空を飛んでんのぉ、初めて見るさ!」

「でけえ獣、海んなかにはいっぱいいるけどもよう、空ぁ飛ばねぇな!」

「あんたら、もしかして、ずうっとそれに乗って飛んできなすったんかい?」

羅剛の黒衣を見ても、冴紗の虹衣を見ても、とくに驚いたそぶりはない。

そのようなことは初めてなので、なにやらおかしくなってきた。やはりここは虹霓教《こうげいきょう》信仰国ではないのだ。

「ああ、これに乗って飛んできた」

漁民たちは、好奇心いっぱいという顔で次々尋ねてくる。

「この獣も見ねぇが、あんたらも、見ねぇかっこだな？」

「どっから来たね？　帝国の者じゃねぇんか？」

「しっかし、ほんとにでっけえ獣だなぁ！　こんなのが空ぁ飛ぶとはな。伝説じゃあ聞いたことあっけどよう」

「伝説…？」

男たちは、うんうんとうなずいた。

「昔むかし、空飛ぶ獣に乗って、どっかの国の神官さまと、王さまが来たんだと。そういう話が伝わってんだ」

冴紗が嬉しそうに声を上げた。

「まことでございますか？　それはきっと、蕾莎《らいさ》さまでございます！　十二代さまが、ときの王さまとともに、こちらの国にもいらしたのですね？」

羅剛は冴紗に尋ねた。

「知っておるのか？」

「はい。蕾莎さまは、わたしの先代の聖虹使《せいこうし》でございます。女性の方で、聖虹使として立つ前に、虹霓教を広めるために各地を巡られたというお話です。蕾莎さまのお話を他国で聞くことができるとは……。伝説にまでなっているとは……。ほんに嬉しゅうございます」

それはいいとして、とにかく、まず肝心なところを確認せねばならぬ。

羅剛は漁民たちに訊いてみた。

「ところで、――ここは花爛《からん》帝国という国でいいのか？　まちがいないか？」

「ああ、そうだよ。ここは花爛帝国だ」

それを聞いて、ひと安心だ。

さて次は、名と身分を明かすべきか。

だがそこで、汜濡《しじゅ》の過剰な歓待が脳裡《のうり》をよぎったのだ。真実を告げて、気さくな民たちがあのようなさまになるところは見たくなかった。

冴紗に視線を流してみる。

冴紗は、手を組み合わせていた。

そのすがるような目つきで、察した。自分とおなじ想いであると。

……そうだな。できるなら、ただの旅人のふりを通そう。

素朴な民たちと、しばらくの間でもよい、対等に語り合っていたい。

羅剛は言葉を選び選び、告げた。

「俺たちは、この国の者ではない。海を越えて、他国からやってきたのだ」

おおーっ！　と、人々は、手を取り合って歓声を上げた。

「客人《まれびと》だ！　やっぱりまれびとだようっ！」

「おい、みんな、すぐに村の衆を集めろや！　うちらの村にまれびとが来たってよう！」

羅剛は冴紗と顔を見合わせた。

……そうか。ここは、まれびと信仰の土地か。

聞いたことがある。他国と接点のすくない島国などでは、なにかの折で来訪する者たちをたいそう尊ぶのだと。

一歩前に進み出た壮年の男が、満面の笑顔で言う。

「あんたさんらに、もてなし、さしてくだせえ。まれびとがいらしたのなんか、どんだけぶりかわかんねぇんだ」

「いや、…気持ちはありがたいのだが…」

断りの言葉を吐こうとした矢先、冴紗が子供たちに取り囲まれてしまった。

「いこ！　…ね？」

「あたし、新しいじゅうたん、おってんだよ？　見せたげる！」

「おれのおもちゃもかしたげっから、いこうよ！」

子供らしい無邪気な誘い文句で、なんとか引っ張っていきたいらしい。

幼い子らに両側から手を取られて、冴紗はちらちらとこちらを窺《うかが》っている。

ほほえましい光景に、思わず頬が緩んだ。

……妙に懐かれたものだな。

子供というのは勘が鋭い。冴紗がおだやかなたちであることを即座に見抜いたのだろう。

なにより、子供たちは崇めているのではなく、ほんとうに懐いている様子なのだ。

冴紗のはにかんだ笑顔を見て、…まあ、いいかと思う。

とりあえず陸地には着いたのだ。

ならば、あとは宮殿を目指すだけだ。陽もまだ昇らぬ早朝であるようだし、すこしばかり寄り道をしたとしても、今日中には目的地に着くはずだ。

なにより、これほど純粋に来訪を喜んでくれる村人たちを、失望させたくはなかった。


人々に取り囲まれるようにして、しばらく雪上を歩くこととなった。

飛竜は、とくに命じずとも、すこし歩き、かるく羽ばたき、またすこし歩き、というふうについてくる。

「まれびとだぞーっ！　みんな、出てこい！　まれびとがいらしたぞーっ！」

男衆は凱旋歌《がいせんか》でも唄《うた》うように声を張り上げて歩む。

子供たちは飛び跳ねながら、それをまねして、「まれびとだーっ！　まれびとだーっ！」と叫びまわる。

雪に埋もれてわからなかったが、そのあたりには家々が点在していたようだ。声を聞きつけたのか、あちこちで扉が開き、女たちが飛び出してきた。

「まれびとだってっ！　ほんとかいっ？」

「おお！　ほんとほんと、…ほれ、ここにこうして、ふたりも連れてっさ！」

「女ども、炎石《えんせき》と、もてなしの食いもん、集めろや！　村の衆全員に伝言まわしてくれ。ありったけだ、ありったけ！　みんなそれぞれ集会所に持ってこいってな！　…もちろん、酒もだ。貯《た》めといたの、全部出せや！」

羅剛は困惑した。ここでも過剰な歓待を受けねばならぬのか。

俺たちのことはかまわんでいい。おまえたちの食物を集めてまでもてなさなくてよいのだぞ、と言いたかったが、…やめた。

汜濡の王宮で、自分こそが冴紗に言うたのだ。むこうが作りたいのだし、おまえに供したいのだ。許してやれ、と。

ならば自分たちにできることは、喜んでそれを受け取ることだ。感謝の想いを、しっかりと伝えることだ。

連れていかれたのは、石造りに見える家であった。

そこもまた雪に塗り込められ、扉が開かなければ場所すらわからぬありさまだ。

「どうぞ、どうぞ、入ってくだせえ。すぐに火ぃ焚くでねぇ」

村人たちに背を押されるようにして、扉をくぐる。

入るなり、羅剛は驚きの声を上げてしまった。

「おお、予想外に広いな。外からはわからなかったが」

幅も奥行きも、十立《りゅう》ほどはあるか。

つづいて入った冴紗も、目を丸くしている。

「広うございますし、それに、たいそう華やかでございます」

子供が『絨毯《じゅうたん》』と言っていたが、たしかに素晴らしい織りのものがあちこちに敷かれていた。床には厚めの絨毯、壁面には壁掛け。すべて多色を使った、繊細で凝った柄のものばかりだ。

興味深く内部を見ているうちに、人の出入りが激しくなった。

「炎石、ありったけ持ってきたよ！」

「うちもだ！　干し魚も全部持ってきた。…で、まれびとたちは、どこだいっ？」

そうして、やってきた者たちは、羅剛と冴紗を見て、おお！　ほんとだぁ、まれびとだよう！　と、やはり大喜びするのだ。

室内中央に、暖炉があった。

座ってくだせえ、と肩を押され、無理やりそのそばに座らされた。

しかたなく胡坐《あぐら》をかくと、言葉を発する間もなく、料理や酒が並べられてしまった。

この地では、座るのも床、食事も卓ではなく、盆に載せて、床に置く風習らしい。

「あんたさんらの口に合うかわかんねぇけどもよう、ここらは魚とか肉を食うからよう」

並べられた料理を見て、羅剛はだいたいの見当をつけた。

……魚、海獣の肉、あとは海藻料理か。それと、濁り酒、だな。

入れ替わり立ち替わり、村人たちが食材を差し入れてくる。ほんとうに、村中のありったけのものを掻き集めている感じだ。

少々胸がざわついてきた。

この人数にしては、食料が少なすぎる。

それに、穀類はほぼ、ない。

村人たちは、大事に貯蔵していた食料を持ち寄っている。それでも、このわずかな量だけなのか。

むろん、馬鹿にしているわけではない。そうではなく、…胸が詰まってしまったのだ。

そうこうしているうちに、室内は徐々に暖まってきた。

暖炉に火をくべていた若者に、尋ねてみる。

「なにを燃やしておる？　薪《まき》を焚いているのではないのか？」

振り返った若者は、にかっと、欠けた歯を見せて笑った。

「炎石でさぁ。まれびとが来てくれたもんでよう」

「炎石？　その黒いものがか？　さきほども言うておったが、どのような石なのだ？」

「知らねぇのかい？　ここらじゃ、炎石がなきゃあ、暮らせねぇのさ。すぐにでも凍え死んじまうさぁ。…どのような、って、…燃えんのさ。火ぃつけっと、あったけえ火が出んのさ。ほれ、こんな感じさ」

棒の先でつつくと、ぼうっと赤い火が上がり、熱気が煙突へと抜ける。

なるほど、さきほどはどこかで炎石を燃やしたため、上空まで蒸気が昇ったのだな、と納得した。

「だが……炎石を各家から掻き集めておったろう？　ここに入った際も、燃やしてはいなかった。貴重なものではないのか？」

偉早悧の言葉が思い出された。

国が滅びる、とあやつは言うたのだ。

まだ、滅びてはいない。花爛に無事たどり着け、予想外に友好的な村人たちと遭遇して、つい失念していた。自分たちが、なんのためにこのような異国へとやってくることになったのか、その根本理由を。

若者は苦笑した。

「貴重なもんでは、ねぇけどもよう、…前は普通にあったしよ」

「前は、というと、いまはないのではないか？　使ってかまわぬのか？」

返事に数拍間があった。

「……ん、…とさ、……ほんとは、ねぇのさ。なんでか知んねぇけど、出まわらなくなっちまったんだ。鉱場に働きに行ってたやつらも、ほとんど帰されたしよう。たぶん、村にあんのは、こんで最後だ。…もうどの家にも炎石がねぇから、みんなしてここで寝泊まりしてたのさ。人がたくさんいりゃあ、すこしでもあったかくなっからよう」

「それでは…」

炎石を燃やし尽くしてしまったら、おまえたちには命の危険があるのではないか？　せめて、あるぶんだけでも大切に使わなければいけないのではないか？

羅剛の問いを読んだように、若者は、きっぱりと言い切った。

「いいのさ。そんでも、まれびとが来たんだからよう。みんな、大喜びで持ち寄るさ。おれらにとっちゃあ、あんたらはそんだけ嬉しい人たちなんだからよ」

いつの間にか、室内に入りきれぬほどの村人がひしめき合っていた。

五十人は下らぬであろう。

男も女も、そして子供、赤子を抱いた母親たち。

みな、服を着替えて来ていた。獣皮の外套ではなく、絨毯と同様の、凝った色柄の衣装だ。女たちは、首飾りや髪飾りもつけていた。精一杯の装いで、まれびとである自分たちを迎えてくれたようだ。

大人たちは羅剛と冴紗のまわりを車座に座り込み、子供たちは浮かれてはしゃぎまわっている。

「この村の村長《むらおさ》でごぜえます。よういらしてくだせぇました」

羅剛の前に中年の男が座り、杯《さかずき》を渡してきた。瓶から酒を注《つ》ぎつつ、

「どうぞどうぞ、乳酒《ちちざけ》だけども、やってくんなせえ」

「そうか。連れは、酒は駄目なのだが、俺はもらおう。…すまぬな」

乳白色の酒は、口に含むとほんのりと甘かった。香りもじつに芳醇《ほうじゅん》だ。

羅剛は素直に味を褒めた。

「ほう。乳酒は初めてだが、美味いものだな」

雪焼けした顔をくしゃくしゃにして、村長は笑った。

「そうですかい。そいつはようごぜぇました。…なんせ貧乏な村で、ろくなもんもねぇですが、存分に食うてくだせえ」

どうぞ、こっちも食っとくれよう、…と、四方から皿を押す手。

手づかみで食うのか？　と尋ねるわけにもいかず、皿の上の焼いた肉片をひとつ取り、口へと運ぶ。

嚙み締め、羅剛は唸った。

「滋味深いな。これも初めて食うたが、いい肉だ。脂が甘い」

「へえ。へえ、お口に合ってようごぜぇました」

尋ねられる前に、言うておく。

「連れは、…酒も駄目だが、少々食が細くてな。なにも食わんでも、気にせんでくれ。俺たちは十分満足しておるゆえ、な」

そこで、部屋の片端から音が聞こえ始めた。

人々がよけて、理由がわかった。数人の男たちが楽器を奏で始めたのだ。

「……羅剛さま。我が国の竜頭琴《りゅうとうきん》と似た感じの楽器でございますね」

ずっと無言であった冴紗が、ちいさくささやいてくる。

「ああ。我々をもてなすために、なにか曲でも弾いてくれるらしいぞ」

不思議な音色の楽器で奏でられたのは、胸に沁《し》み入る、なんとも趣のある曲であった。

瞭喨《りょうりょう》と楽の音は響き渡る。

一曲終わるやいなや、みなが拍手喝采だ。むろん羅剛も冴紗も、惜しみなく拍手を贈った。

「上手いものだな。じつにいい音色だ。耳に心地よい、素晴らしい曲であったぞ」

「へえ。ありがとうごぜぇます。こうやって楽器を奏で、歌い、踊るのが、わしらの楽しみですじゃ」

曲は二曲目になり、浮かれた者たちが立ち上がり、踊り始めた。

みな、酒を飲み、料理を食べ、笑いながら語り合っている。すっかり宴のさまだ。

そこになって、羅剛はようやく気づいた。冴紗はまだ頭巾を被ったままであった。

この者たちは、自分たちに危害は加えぬ。もう姿を見せてもかまわぬだろう。

「はずしてよいぞ」

ひとこと許可すると、冴紗もうなずき、

「はい」

頭巾をはずし、虹の髪が流れ出ると、――周囲で、ほう、っと声が上がった。

「驚いたよう！　なんて綺麗《きれい》なお人だろうねぇ！」

「すごいよ！　この人、髪が光ってるよ！　伝説の神官さまみたいじゃないか。ねえ、みんな、見てみなよう！　ほら、早くこっち来てみな！」

女たちはいざり寄り、冴紗のまわりで、ため息しきりだ。

素直な賛辞に、冴紗はにっこりとほほえんだ。

「ありがとうございます。お褒めいただき、光栄でございます」

本来冴紗は、自身の容姿を褒められることがたいそう苦手だ。それでも、褒めてくれた相手の気持ちを慮り、いつもきちんと感謝の言葉を吐く。

子供たちも、おずおずと歩み寄ってきた。

「虹色、だね？」

語りかけられ、冴紗が答える。

「そうですね。わたしの髪と瞳は虹色ですね」

「髪、長いね？　さわってもいい？」

「ええ。どうぞ」

子供たちが、清めてもいない手でべたべたと冴紗の髪をさわったが、羅剛もあえて止めはしなかった。

冴紗の喜びが伝わってきたからだ。

その特異な容姿のため、人々は冴紗の姿を見るだけで喜悦の涙を流し、冴紗の影にさえくちづける。それを見てきた子供たちも、大人たちと同様、過剰なまでの敬意を示す。

……冴紗の髪に、じかに触れた人間など、俺と、花《はな》の宮《みや》の女官《じょかん》くらいしかおらぬのではないか…？

村人の邪心のない誘いに、ついついこのような場まで来てしまったが、来てよかったとしみじみ思う。

そこで羅剛は思いつき、村長に尋ねてみた。

「ところで。――来る途中、上空に虹が躍るのを見た。あれはなんなのだ？　我が国のあたりでは、虹は弧を描いてかかるものなのだ。あのように、きらきらと、…そうだな、布をはためかせているように光る虹など、初めて見たぞ？」

「へえ。ここらでは、あれが出ますんで。わしら舞虹《ぶこう》と呼んでおります」

「舞う虹か。まさしくそういった風情であったな。明けきらぬ夜空を彩って、じつに美しかった」

「明けきらぬ、といいましてもなぁ、…いま時分は、いちんち陽ぃも昇らんのです。ここらじゃあ、黒夜と言いまして」

絶句した。

「では、暗いと思うたのは、気のせいではなかったのか。使者たちがなにやら言うておったが、あまり気にはしておらなんだ」

一日陽が昇らぬ。この雪と氷の世界で。

想像するだけで気が滅入《めい》った。

しかし考えてみれば、雨がほぼ降らぬ砂漠の地もあるのだ。世にはさまざまな地形風土の国があってとうぜんだ。

「だけんど、夏には反対に、いちんちじゅう明るいんですじゃ。よそん土地はちがうと聞いとりますが、ここらじゃぁ、それがあたりめぇですんでなぁ」

気を取り直し、羅剛はもうひとつ質問した。

「そなた、さきほど村長と名乗っておったが、この村は若い者しかおらぬのか？」

村長は怪訝《けげん》そうな顔になった。

「いんや。わしみてぇな年寄りもおりますが？」

思わず言葉を詰まらせた。

……知らぬのか……。

羅剛は、そこそこ老人を見ている。人が歳を重ねると、どのような風体になるのかもわかっている。

この村の者は総じて若い。

五十になっている者すら、数えるほどしかいないのではないか。

……たぶん、この地では歳を重ねられぬのだ。

あまりに厳しい気候のせいか、食物のせいか。言うてもせんないことなので、あえて言葉にはしなかったが、つい問いを洩らしてしまった。

「苦しくは、…ないのか？」

「さあ？　ずうっとこの地で生きてきましたんでねぇ。苦しいのか、苦しくねぇのか、わかりませんなぁ」

あまりに飄々《ひょうひょう》とした返事に、黙るしかなかった。

生活が苦しくないわけがない。

だが、…そうか、と腑《ふ》に落ちた。

人というのは強いものだ。他者から見れば惨めで哀れな暮らしでも、この地で生まれた者は、この地で生きるしかない。

暖かさをもっとも喜び、色のない世界で、鮮やかな色を楽しみ、音のない世界を歌と楽器で彩る。

おだやかな気候の侈才邐《いざいら》で、それも王として生きてきた自分などには、彼らの痛みを知るすべもない。

この過酷な白銀の地で生きる者たちの、靭《つよ》さ、逞《たくま》しさ、潔《いさぎよ》さ。

だれを恨むわけでもなく、なにを憎むわけでもなく、日々を精一杯楽しんで、短い生を終える。

この地を哀れと思う心をこそ、傲慢《ごうまん》と呼ぶべきであろう。

冴紗はまたしても子供たちに囲まれていた。

「ねえ、ねえ、おねえちゃんも、立って歌って！」

「いっしょにおどろうよ！　かんたんなの、おしえたげる！」

冴紗は困惑ぎみに返した。

「……い、いえ……」

「だめなの？」

「あの、…いえ、駄目なのではなく…………わたしは女性では……」

子供たちは目を丸くした。

「ええっ？　おとこの人なのっ？　ほんとにっ？」

ひとりの子供が、羅剛に話を振ってきた。それも、胡坐をかいた膝に手をかけて、だ。

「ねえ、おにいちゃんは、ふつうにおにいちゃんに見えるけど、こっちのおにいちゃんは、なんでこんなにきれいなの？　おにいちゃんの国には、こういうおにいちゃん、いっぱいいるの？」

思わず乳酒を噴き出しそうになってしまった。

……いままで生きてきて、おにいちゃんなどという呼ばれ方は初めてされたな。

「いや。俺の国でも、いないな。これは特別だ。…美しかろう？」

「うん！　すごくきれい！」

羅剛は冴紗に話を振ってやった。

「子供たちがねだっておるのだ。おまえ、なにか歌えるか？　歌えるなら、歌ってやれ。…無礼講のようだからの。すこしくらい下手でも、だれも笑いはせんだろう」

逡巡していた様子だが、――冴紗はやがて覚悟を決めたらしい。

すっと立ち上がると、透きとおるような声で、美しい旋律の歌を謡《うた》い始めた。

神の御業《みわざ》を讃《たた》え、その慈悲深さに感謝し、日々の喜びを歌う歌詞であった。

終わると、人々はやんやの喝采だ。羅剛も拍手しながら褒めた。

「驚いたな！　そのような歌は初めて聴いたぞ？　…いや、そもそも、俺ですら、おまえの歌声を初めて聴いた」

冴紗は照れて赤面している。

「お恥ずかしゅうございます。お耳汚しで」

「耳汚しどころか、…ほれ、みな大喜びしておるではないか。美しい歌であったぞ」

言うているあいだに、子供たちは冴紗の手を無理やり引っ張り、踊る輪のなかに引き入れてしまう。

羅剛は乳酒を舐《な》めつつ、胸が震えるような想いで眺めていた。

……これは夢なのか……。いま俺は夢のなかにいるのか……？

もしや、長く飛びすぎて、いまだ飛竜の背で夢を見ているのやもしれぬ。それか、すでに凍る海に落ち、命尽きかけ、最期に心温まる幻影を見ているのやもしれぬ。そう疑うほど、夢のごとき光景であった。

冴紗が、子供たちに両手をとられ、朗らかに笑っている。

全員が手を繫《つな》ぎ、くるくると輪になってまわっているだけの、単純な踊りだ。

楽器を掻き鳴らす者は勢いづき、ほかの者は、ほっ、ほっ、と手拍子を交えてかけ声をかけている。

場は歓声と笑い声に満ちていた。みなこぼれるような笑顔で、老いも若きもすべての者が、心から、いまを楽しんでいる。

他の者にはわかるまい。

冴紗の喜びは。

不覚にも涙が滲みそうであった。

どれほど愛しても、どれほど想いが深くとも、虹霓教信仰国である修才邏では、冴紗にあのような幸せを与えてはやれぬ。

だが、いまはだれも跪拝などしておらぬ。ここでの冴紗は、美しいまれびと、ただそれだけの存在なのだ。

乳酒を飲み終え、羅剛は決意を固めた。

この者たちのためにも、早々に出立せねばなるまい。

炎石とやらが流通しなくなったこと。それが偉早悧の話していた国難なのであろう。

「村長。ひとつ頼みがある」

「へ、へえ？　なんでごぜぇます？」

「皇帝の住む宮殿を知っておるか？」

「もちろん知っとりますが……」

「遠いのか？」

「遠く、っていうか、…国の真ん中なんで、それなりに遠くじゃあ、ありますが…」

「そこまでの案内《あない》を頼みたいのだ。飛竜は、蒸気にひどく弱い。ふいにあたってしまったら、最悪墜落してしまうやもしれぬのだ。地を行く道があるなら、地を進みたい。しかし我々には、この地はただの雪原にしか見えぬ。…その上、いまの時期は陽が昇らぬというではないか。そうなると、どこになにがあるのか、さっぱりわからぬのだ」

宮殿？　宮殿？　とあたりが騒《ざわ》めき始めた。

「ああ。じつは、そこが本来の目的地なのだ。…宮殿でなにが起きたか、おまえたちは知っておるか？」

村人たちは、あきらかに顔を曇らせた。

「詳しかぁ、…知んねえ。だけんど、まずいことがあったってことだけは、風の噂《うわさ》で聞いてんな」

……そうか。民にはまだ知らされていないのか。

炎石が出まわらなくなったことも、たぶん皇帝がらみの問題であろう。

言うべきか言わざるべきか悩んだが、他国の人間が告げるべきことではないと口をつぐんだ。年端もいかぬ皇子と皇女が殺されたこと、それも皇帝に殺されたなどという残虐な話は、いまここでは言わぬほうがいい。

「すぐに行きなさるんかい？」

「ああ。素晴らしい歓待を受けて、身も心も温まった。早めに出立する」

残念そうな声があちこちから上がった。まだ来たばっかかでねぇか、一晩くれぇいればい

いのによう、という声に、

「そうしたいのはやまやまだが、…俺たちはやらねばならぬことがある」

ほんとうに、そうしたいのは、こちらのほうなのだ。しかし、おまえたちのためにも、行かねばならぬのだ。一刻も早く皇帝と会わねばならぬ。

「……そうですかい。……だけんど、宮殿に行かれるなら、そっちの人は、顔を隠していきなせえ」

「なぜだ?」

言いにくそうに口ごもっていたが、横のひとりが、投げ捨てるように答えた。

「陛下に目ぇつけられっからさぁ」

苦笑してしまった。

「目をつけられるのには、慣れておる」

「だども、…なぁ?」

ようやく。そのときになってようやく、羅剛はあることに気づいた。

……若い娘がすくなすぎるのではないか……。

年寄りがいない理由は、わかった。では、若い娘は、なぜいない……? 若くても、赤子を抱いている母はいる。平凡な面相の娘は、数名いる。ようするに容姿の優れた未婚の娘が、いないのだ。

まさか、…とおぞましい考えが浮かぶ。

まさか、美しい娘は、すべて皇帝に強奪されてしまったのではないか？

宇為俄《うぃが》も、幼なじみの娘が第十皇妃に取り立てられると言うていた。皇帝とやらは、あとからあとから娘たちを召しているのではないか。

そして、男であろうとも、美しい容姿の者は危険だと、村人たちはそう忠告しているのではないか？

萋葩《さいは》王のように、色欲にまみれた王は見たことがある。が、あやつでさえ一夫一婦の教義はしっかり守っていた。なおかつ狂信的なまでの虹霓教の信者であったため、欲望はすべて『冴紗』だけに集中していた。

……しかたない。それでも行くしかあるまい。

偉早悧たちの苦労を無にするわけにはゆかぬ。この心優しき民たちを見捨てて、国に帰るわけにはゆかぬのだ。

冴紗と目が合った。

青ざめた顔に、強い決意が見て取れた。

羅剛が立ち上がると同時に、冴紗も踊りの輪を抜けて、歩み寄ってきた。

「――行くか」

「はい」

Ⅶ　花爛帝国の宮殿へ

外に出てみると、いまだ夜のごとき暗さであった。昼でも陽が昇らぬと言うのは、真実であったのだ。

村人たちは、総出で見送ってくれた。

「どうぞご無事で行きなっせえ。道中、お気をつけなせぇよ？」

「また来れたら、いつでも来てくんなせえ」

名残《なごり》惜しげに手を差し出すので、ひとりひとりの手を握ってやった。子供や赤子の手まで、冴紗《さしゃ》とふたり、握ってまわった。

「感謝する。これほど嬉しい歓待を受けたのは初めてだ」

汜濡《しじゅ》国や、いままで受けてきた他国の接待を低く見ているのではない。そうではないが、やはりこの村の歓待は、自分たちにとって特別なものであった。

冴紗も深々と頭を下げた。

「心温まる素晴らしいご歓待を頂戴いたしました。ほんに、ほんに、ありがとう存じまする」

村人たちのほうが驚いたようだ。

「なぁに言いなさるだよう。ろくなこと、できなかったのによう」

「いや。俺たちの言葉は、本心からの想いだ。まことに、世話になった」

荷から花籠《はなかご》を二鉢下ろした。せめてもの礼に渡そうと考えたのだ。

差し出した鉢の包みを受け取り、きょとんとした様子で覗き込んだ村人は、頓狂な声を上げた。

「こりゃあ………まさか、花、なんかい……？」

ほかの村人も、横から顔を出して覗き込み、驚嘆の声を上げる。

「ほんとだぁ！　みんな見てみぃよ！　生花だよ。こんなでかい花、見たことねぇよう！」

「信じらんねえ！　生きてる花だよう。でかくて、ほんに綺麗だぁ！」

村人全員が花を見終わったあと、羅剛《らごう》は告げた。

「我が国は、花が多種類咲く国なのだ。気持ちだけの礼で悪いが、受け取ってはくれぬか？」

しかし次の瞬間、村人は首を振り、鉢を戻してきたのだ。

「……いんや。こりゃあ、もらえねぇ」

まわりの村人たちも、揃って首を振る。

「だな。もらえねぇな」

「もらったら罰、あたらぁ」

「なぜだ？　…言うてはなんだが、この国では花は高価なのであろう？　売ればいくばくかの金になるのではないか？」

すると村人たちは、顔を皺《しわ》だらけにして笑うのだ。

「いくばくどころか、村の全員が数年食ってかれるほどで売れっだろうけどよう、…炎石だって、金さえありゃあ、どっかから買えっだろうけどよう、――だけど、そんなことよか、まれびとのお世話ができたことのほうが、おれらにとっちゃあ、嬉しかったんだよ」

「ずうっと自慢にして、語り継いでいかれっからなぁ」

「これから、わしらの子、孫、その先まで、語り継いでいけっからよう、…礼なら、おれらこそ、あんたさんらに言いてぇくれぇさ。よう来てくれた、ってな」

「いや、だが……」

「いいんだよ。いいんだって」

村人たちは、羅剛と冴紗の背を押し、無理やり橇《そり》に乗せた。

橇には、毛むくじゃらの獣が四頭繋がれていた。その獣に曳《ひ》かせるらしい。荷もすぐに積み替えられてしまう。

「ほれ、行きなっせえ。くれぐれも、くれぐれも、気ぃつけてな！」

御者役の若者にも発破をかける。

「しっかり宮殿まで送んだぞ！　裂け目に落ちんじゃねぇぞ！」

そこまでされては、村人たちの気持ちを汲《く》んで、折れるしかない。

羅剛は、別れがたい想いを押し殺し、飛竜《ひりゅう》に命じた。

「では、出立するぞ。…おまえたち、距離を置いてついてこい」


橇が走り出すと、子供たちはまたも追いかけてきて、手を振った。

おにいちゃんたち、またきてねーっ！

またお歌、うたってねーっ！　いっしょに踊ろうねーっ！

冴紗はうしろを向き、懸命に手を振り返していたが……幼い足で、橇にいつまでもついて来られるわけがない。追いかけてきた子供たちは、ひとり、またひとりと雪原のなかに脱落し、声は徐々に遠ざかっていく。

姿が完全に見えなくなってからも、冴紗はしばらく背後を見つめていた。

その後、前に向きなおったときには、指先で目頭を押さえていた。

想いは容易に察せられた。羅剛も目頭が熱くなっていたからだ。

……俺たちこそ、生涯忘れられぬであろう幸福なひとときであったぞ。

POSTCARD

STAMP HERE

1 0 1 - 8 4 0 5

東京都千代田区
神田三崎町2-18-11

二見書房
シャレード文庫愛読者 係

通販ご希望の方は、書籍リストをお送りしますのでお手数をおかけしてしまい恐縮ではございますが、**03-3515-2311**までお電話くださいませ。

<ご住所> □□□-□□□□

<お名前> 様

*誤送を防止するためアパート・マンション名は詳しくご記入ください。
*これより下は発送の際には使用しません。

TEL	職業/学年
年齢　　代	お買い上げ書店

Charade愛読者アンケート

この本を何でお知りになりましたか？

1. 店頭　2. WEB（　　　　　）　3. その他（　　　　　　　　　　　）

この本をお買い上げになった理由を教えてください（複数回答可）。

1. 作家が好きだから（小説家・イラストレーター・漫画家）

2. カバーが気に入ったから　3. 内容紹介を見て

4. その他（　　　　　　　　　　　　　　　　　　　　　　）

読みたいジャンルやカップリングはありますか？

最近読んで面白かったBL作品と作家名、その理由を教えてください（他社作品可）。

お読みいただいたご感想、またはご意見、ご要望をお聞かせください。

作品タイトル：

ご協力ありがとうございました。

お送りいただいたご感想がメルマガに掲載となった場合、オリジナルグッズをプレゼントいたします。

自分たちの、この胸の震えるような想いは、たぶん、だれにもわかるまい。

羅剛は心に固く誓った。

そなたらの恩に報いるよう、かならずや皇帝を改心させてやろう。この国に、わずかばかりでも幸いを齎《もたら》してやろう。

自分たちは、そのために海を越えてやってきたのだから。


橇は勢いを増し、凍る風が頬を切る。

気持ちを切り替え、御者の若者に尋ねた。

「この地では、こういう橇で移動するのか?」

若者はかるく首をまわして、答えてきた。

「へえ。雪の上ぇ歩いて動くんじゃ、難儀だからよう。あんたさんらの獣みてぇのがいりゃあ、空をひとっ飛びだろうけどよ」

「この雪が溶けるときはあるのか?」

「さすがに夏にゃあ溶けっさ。そんでも、ひと月くれぇで、また雪だよう」

言葉のうちに苦痛は感じられぬ。ただ、飄々と語っている。

……では、穀物や草木がほとんど育たぬわけだ。

まれびと伝説が残っていることからしても、ときおりではあっても海を越えて来る者があったのだろうが、凍る海を越えるのは並大抵の苦労ではないはず。金のためならどこまででも出向く商人たちですら、そうそうは渡ってこられぬはずだ。

それから、三刻ほど雪上を進んだ。

御者は獣に鞭《むち》をくれながら、声をかけてきた。

「そろそろ宮殿だからな、降りる支度してなよう」

「そうか。…ならば、冴紗、仮面を着けておけ」

なるべく他者に顔を見せたくない。聖虹使《せいこうし》としてやってきたのだから、素顔の冴紗を見せてやる義理はない。

「はい。畏まりました」

冴紗も硬い表情で支度を整え始める。

仮面を着けると、——羅剛としては、あまり見たくない、人形《ひとがた》のごとき表情となる。

他国であっても、修才邏《いざいら》国王妃としてふるまう冴紗はまだ人に見えるが、仮面を着けた冴紗は、まさに人を超越した『神の子』となる。

それが羅剛としては腹立たしく不快なのだが、いまはしかたのないことだ。役目のためにはおのれの不快などこらえねばならぬ。

そこで羅剛は、ふと思うたのだ。

……そうだ、飛竜は隠しておいたほうがよいのではないか？

これから行く宮殿というところがどういう場所かはわからぬが、いざというときの覚悟だけは決めておかねばならぬ。

危険な場面に遭遇してしまったら、ぜったいに飛竜が必要だ。飛竜に乗りさえすれば、すぐさま安全な地まで飛んでいける。

そこまで考え、御者に声をかけた。

「すまぬが、飛竜を繋いでおきたいのだが。どこかよい場所はあるか？」

「あの獣は、寒さには強いんかい？」

「ああ。雪のなかでも寝られるくらい強いな」

御者はしばし黙ったあと、

「繋ぐ、っつってもなぁ、…繋ぐとこなんかねぇよう。生えてるもんも杭《くい》も、なぁんもねぇからな。穴んなかに置いといたら逃げちまうかい？」

「いや。言い聞かせれば逃げぬ。たいそう頭のよい獣なのでな」

それに、この暗がりだ。よほどそばまで寄らぬかぎり、飛竜が潜んでいるとはわからぬはずだ。

んじゃあ、ここらじゃどうだい？　宮殿からすぐだからよう、と、若者は窪地《くぼち》まで橇を走らせてくれた。

雪上に足を下ろし、羅剛はひとつ大きく息をした。

……いよいよだな。

数日かけた旅であったが、これからが本番だ。

むこうにとって、自分たちがどういった存在なのか。どういう出方をするのか。気を引き締めてかからねばならぬ。

羅剛は二頭の飛竜の背を撫で、言葉をかけた。

「では、――行ってくる。なにかあったら、指笛を吹く。おまえたちなら遠くからでも聞こえるだろう。すぐに飛んでこい」

羅剛の決意が伝わったのか。飛竜たちは、鳴き声を上げずに嘴《くちばし》だけを動かし、了承の意を伝えてきた。


「ほれ、ここだ。着いたよう」

またしばらく橇に乗ったのだが、御者の若者の声で、はっとする。

あたりを見まわし、言葉を失う。

……ここだと言われても、…いままで来た雪原と、なんら変わりのない風景ではないか。

うっすらと、建築物らしき形は見てとれる。だが、それだけだ。

じっさいはたぶん煌びやかな石造りの宮殿なのであろうが、なにもかもが雪に塗り込められ、白い巨大な塊にしか見えぬのだ。上空から眺めても、たぶん山だと思い込み、見落としてしまっただろう。

かろうじて見てとれるのは、門の鉄柵。そこだけは、雪が格子状に積もっていたため、人の手で作られたものと判別できた。

「開門をお願ぇします！」

橇を降りた若者は、誇らしげに声を張り上げた。

「まれびとだよう、門番さま！　まれびとを連れてきたよう！」

凍りついた鉄門が、ぎぎぎぎ、…と鈍重な音をたてて動き出した。

現れたのは、頭巾つきの外套を被った男ふたり。城の門番らしい。

「まれびと？　それはそれは！　この黒夜の時期によくぞまあ、…それで？　どちらからいらした？」

村人同様、気さくな対応だ。

帝国とまで名乗る国の宮殿、その場所の門番であるくせに、ずいぶんと緊張感のない連中だ。

それとも、この国を訪れる者はそれほどすくないということか。まれびとというのはそれほど貴重な存在なのか。

一度息を吐き、羅剛は告げた。

「修才邏だ」

門番たちは、首をかしげている。たぶん国名を知らぬのだ。

羅剛はさらに言い添えた。

「虹霓《こうげい》教総本山《きょう》、麗煌山《りこうざん》のある国だ」

「……………こうげい、きょう……」

虹霓教の名くらいは知っているようだ。

振り返り、冴紗に命じる。

「来い。おまえの姿を見れば納得するであろう」

「はい」

しずしずと歩み寄ってきた冴紗を目にした門番たちの、顔色が変わった。

虹の髪は暗がりのなかでも光を集め、仮面の虹石の輝きもあり、あたりを照らすようだ。

冴紗の麗姿を眩《まぶ》しげに見つめ、

「……………もしや……もしや……」

「そちらのお方は、神の御子《みこ》さまではございませんか……？」

冴紗の代わりに、羅剛が応えてやる。

「そうだ。見てのとおり、虹霓教の神の御子だ。…前代の聖虹使が、この国に寄ったそうだな。漁村の者が知っているくらいだ。宮殿務めの者なら、むろん知っておろう」

門番たちは顔を見合わせ、無言だ。

焦れてきた。ここで無反応をされては、苦労してやってきた甲斐がない。

懐から指輪を取り出し、差し出す。

「これを預かってきた。…わかるか？　偉早悧《いさり》と宇為俄《ういが》の指輪だ。身の証として持っていけと言われた」

思いつき、荷も指差す。

「それから、みやげとして生花を持参した。この国では自生しない種類のはず。それを見れば異国からの来訪者だとわかるだろう。俺たちは、海を渡ってやってきた」

指輪を見たふたりは、声を震わせた。

「こ、これはたしかに……」

「では、偉早悧たちはたどり着いたのですね……っ？」

うなずいてやった。

「ひどいありさまであったが、かろうじて、な。仔細《しさい》は、なかで語りたい」

顎で指すと、門番たちはあわてて、

「ど、どうぞ、…どうぞ、門内へお入りください！」

よし。まずは、第一関門突破だ。

羅剛は振り返り、送ってくれた若者に心からの礼を述べた。

「ようやく目的地にたどり着けた。…助かったぞ。そなたや、そなたの村の者には感謝してもしきれぬほどだ」

若者は照れくさそうに鼻の下を擦《こす》っていたが、ふと思いついたように尋ねてきた。

「あ！　そういやぁ、あんたさんらの名前、聞いてねぇよ！　村の覚書に書いときてぇんで、よかったら教えてくんねぇかい？」

「ああ。こちらこそ名乗らず、悪かった。——俺は、修才邏国王、羅剛。これは、妃の、冴紗、だ」

「王さまっ？　王さまとお妃さまだったんかいっ？」

失笑しそうになるのをこらえて、答える。

「ああ、いちおう、な」

そうだ。いちおう、だ。神国修才邏の王の名も、虹霓教最高神官聖虹使の名も、この極北の、異教の地では、ないのとおなじだ。自分たちはそれを心に刻み、皇帝と対峙《たいじ》しなければならぬのだ。


橇を見送り、門番に語りかける。

「この国にはよい民がおるのう」

「畏れ入ります」

「あの村人たちに、たいそう世話になった。俺たちは、あの者たちのためにも、皇帝と話がしたいのだ」

しかし、門内に招き入れたにもかかわらず、門番たちはいっこうに動こうとはしない。荷だけは運んだが、困惑の表情を浮かべたままだ。

苛ついてきた。

「おまえらは、なにゆえそのように複雑な顔をしておる？　そして、なにゆえ、まれびとである我々を宮殿内に招き入れぬのだ？　…聞いたこともない国からの訪問者だ。不審に思うのは当然だが、こちらも好きで他国に干渉しに来たわけではないのだからな。早々に取り次ぎを願おう」

そのとき、重厚な音とともに、宮殿の扉が開いた。

内部の者たちに連絡がいったようだ。

足早にやってきたのは、村人や門番たちとはあきらかに身分のちがう者たち。色彩豊かな織物の衣装をまとっている。年齢も老境に入っている者たちだ。

……四人、か。

冴紗を背に庇い、念のため腰の剣に手をかけ、羅剛はふたたび名乗った。

「修才邏国王、羅剛。そして、俺の妃であり、虹霓教最高神官である、冴紗だ。花爛《からん》国皇帝への取り次ぎを願う。俺たちは、この国の者たちに乞われてやってきた」

羅剛の姿を見、背後の冴紗に視線を移し、男たちは呆《ほう》けたように立ちすくんでいたが、

――すぐに我に返った様子で、

「首相！」

三人の男たちは、ひとりの男にささやいたのである。小声ではあるが、切羽詰まった物言いだ。

もうこのような機会はございません！

ようやく、他国から救いがやってきたのですよっ？

神の御子は、じっさいにいらしたのです！　我々も決意を固めましょう！

こそこそ話し合っている者たちに言い放つ。

「――ああ。先に言うておくがな、我が国までたどり着けたのは二名だ。ほかの者は無理だったと聞いておる。…どうも途中で命を落としたらしい。たどり着いた者ふたりも、命が助かるかどうかもわからぬ、ひどいありさまであったぞ」

くっ、と涙を呑む者がいた。

そちらに言うてやる。

「たどり着けた者の名は、偉早悧と宇為俄だ。その様子を見ると、…使者たちのなかに、知己《ちき》がおったのだな？」

唇を噛み、みな静かに涙を流し始めた。

「…………首相」

「言うな」

「ですが、…では、華以桂《けいか》さまも……」

たぶん首相と呼ばれている男の身内、それも息子かなにかであろう。亡くなった使者のなかには、地位の高い者もいたようだ。

羅剛は話をつづけた。

「なにを逡巡しておるのかは知らぬが、…命を賭けて異国へと救いを求めに来た、殉難《じゅんなん》の士たちの死を無駄にしてもかまわぬのか？　本来、俺たちは他国へなど出向く立場ではないのだ。それが心を動かされて、長い旅路をやってきたのは、ひとえに使者たちの熱い志を汲んだからだ。あのまま無駄死にさせるのは、あまりに哀れであったからだ。――だが、そなたらが拒み、俺たちがこのまま国に帰れば、あの者たちの滅私の行いすべてが水《すい》泡《ほう》と帰するのだぞ？」

首相は、ふいに虚空に目をやった。

見れば憔悴《しょうすい》の色は濃く、肌の皺は深かった。

しばし唇を噛んでいたが、首相は重く、一度うなずいた。

「宮中の者たちに伝えなさい。我らが、長年待ち望んだお方がいらした、と」

招き入れられた宮殿内は、ほぼ暗闇であった。

いや、ところどころに篝火《かがりび》は燈されている。が、内部を隅々まで照らすほどの明るさはない。普通の王宮であれば、夜間でも燭台《しょくだい》で明るく照らしておくものであるのに。

その上、物音ひとつしない。

心臓の鼓動が早くなった。

この異様なありさまは、なんだ……？

首相たちは宮殿内から出てきた。ならば、居住しているはず。なのになにゆえ、ここまで暗いのだ？　貧乏な漁村の村でも、明かりだけは煌々《こうこう》と燈していたのに？

そして、臣たちや下働きの者、女官《じょかん》たちは、どこにいる？　修才邏王宮ほどではないが、あるていどの広さの宮殿であるのに、なにゆえ物音がしないのだ？

手燭《てしょく》で先を照らすように、首相と男たちが先導する。

あとについて歩きながら、せめて広さや構造を見極めようとしていると、

「火の色が……!?」

冴紗のつぶやく声で、羅剛も気づいた。

篝火は、よく見ると七色に輝いているのだ！

「おい、あれはどういう仕組みなのだ？　虹霓教信仰国でも、七色に輝く火など見たこともないぞ？」

暗いなか、男たちのだれかが答える。

「あれでございますか？　…ええ。火にくべると、赤や青の色が出る石があるのです。それを七つ燃やしております。我が国では、さまざまな石が採掘されるのです」

「ああ。黒い炎石というものは見たが、…あれは暖を取るためだけであろう？　しかし、色の火を出す石とは……」

そういえば、宮殿内はひじょうに暖かいのだ。汗ばむほどだ。ここにはずいぶんと炎石が潤沢にあるようだ。

湧いた疑問をぶつけてみる。

「俺たちは、来る際、空を彩る舞虹《ぶこう》というものも、見た。七色のものがこれほどあるというに、ほんに、この地は虹霓神を崇めてはおらぬのか？　前の聖虹使が、教義を広めにやってきたろうに？」

無言。それが答えのようだ。

「……そうか。隠れた信仰か」

声を荒らげるように、だれかの返事があった。

「隠れては、おりません！　我らは、…帝国の民は、火の神など、だれも信仰しておりません。火の神信仰を強制しているのは、王家でございます！」

厭な気分であった。

足音が廊下に響く。

どこかで幽《かす》かな音がする。

目が暗がりに慣れてきて、…羅剛は、ぎょっとした。

……人が、おるではないかっ。

廊下の隅々に、女官らしき者、家臣らしき者が、手を合わせ、こちらに向かって頭を下げていたのだ。一瞬、作り物かと思うたほど、静かに、だ。

尋ねる前に、首相が低く告げた。

「どうか、宮殿内で働く者がいることは、お口になさいませんよう」

「どういうことだ」

「皇帝陛下は、人が宮殿にいることをお厭いになるのです」

「ああ？　言っている意味がわからぬな。働く者がおらねば、炎石も焚けまい。これほど暖かいのだ。そうとう数の者が立ち働いておるのだろうし、…それに、厨《くりや》で調理をせねば、料理も用意できまい？」

「お会いになれば、わかります！」

きつい返事は、やはり首相以外の者の声だ。

「陛下にお会いになってくだされば、……我々の言っている意味も、長年の苦労も、おわかりいただけるはずです」

率直に質問した。

「そなたら、ずいぶんと怒りが溜《た》まっておるようだが、……俺は、皇帝が、皇子、皇女を殺したと聞いた。ほかには、第九皇妃と側近であったか？　…とにかく、不義を働いた者たちを殺したと。それは相違ないか？」

苦痛の滲む声が答える。

「…………相違、……ございません」

「ずいぶんと惨いことをしたものだな」

「……我が国は、…子をたいそう大事にします。この極寒の地では、信頼できる者だけが頼りなのです。生まれた子は、みなで大切に育てます。ですが、…陛下は、長年お子さまに恵まれませんでした」

「それで、次から次へと妃を代えたというのか。前の妃を牢に入れて」

苦々しさが込み上げてくる。自説を語りたくなった。

「血の繋がった者だけが、信頼できる者なのか…？　そうではなかろう？　ならば、俺と妃は血など繋がっておらぬ。だが、この世でもっとも信頼し、愛しておる者だぞ？　おまえらとて、妻は血の繋がらぬ者であろう？」

「いいえ！」

反論の声は、やはり荒々しい。重臣たちは、どうしても怒りが抑えきれぬ様子だ。

「陛下に、…あの男に、なにを言っても無駄だったのです！」

「我々とて、いままで忠言しなかったわけではないのです！　ですが、…あの男の逆鱗《げきりん》に触れた者は、すべて首を刎ねられました……っ！」

言い連ねるうちに、激高のためか徐々に語気が荒くなっていく。

そこまで苦痛であったのか。他国から来た者などに、心情をすべて吐露してしまうほど、痛みは凄まじかったのか。

聞いている羅剛のほうが、冷静に対応できた。

「落ち着け。俺はおまえらを責めておるのではない。暴君は他国にもいた。しかし、すべて本人が手を下したわけか？　逃げようはなかったのか？」

もうこらえきれなかったようだ。男たちは羅剛を取り囲み、我先にと訴えてきた。

「子たちが、人質になっております！　ひとりでも逆らったら、その者の一族の子が、皮を剝《は》がされます！　生きたまま生皮を剝がされ、嬲《なぶ》り殺しに遭うのです！　目を潰《つぶ》され、鼻を削《そ》がれ、焼き殺された者もいました。…刑を執行する者も、逆らえば自分の一族がおなじ目に遭うのです。涙を吞んでやらねばなりません。…………ほんに、…ほんに、人のすることとは思えませせん！」

「それだけではございませんっ。皇帝は、炎石の鉱山の秘密を握っているのです！　逆らえば、鉱山を閉めるというのです。…だれも、逆らえません。逆らったら、国の者すべてが死ななければいけない。いわば、国中の者たちが人質になっているようなものなのです。

生き地獄のような日々でも、……我々は、耐えて、耐え抜いて、あの男の言いなりになっているしかなかったのです……っ！」

「どうぞ、お察しください！　我らをお助けください！」

怒りと憎しみの滾《たぎ》る言葉であった。自国の恥を、かりにも重臣である者たちが、そこまで赤裸々に暴露するとは……。

「けっきょくのところ、偉早悧たちの話は偽りであったわけだ」

「偽り、というわけでは…」

「そうではないのか？　害心のない皇帝という話をでっちあげて、神の御子を自国へと招いた。真実を知っておったら、俺はけしてこのような国へと冴紗を連れては来なかったぞ」

「……申し訳、…ございません」

「まあ、来てしまったのだ。やるべきことはやって帰るわ。…それで？　鉱山の秘密とは、なんなのだ？」

「わかりません。そもそも、皇帝の祖先が炎石を掘り出し、そして権力を握り、この地に君臨したと聞いております。ですから、鉱山の秘密は一子相伝らしいのです。鉱山の鉱夫たちでさえ、秘密を探り出すことはできませんでした。何年かかっても、です」

羅剛はふたたび嘆息した。

……命を賭けるしかなかったのか。

この腐り果てた国を救うには、他国の、伝説の神の子にすがるしか、やはり方策は残されていなかったのか。

しかし、冴紗にいったいなにができる？

虹髪虹瞳《こうはつこうどう》であるだけの、ただの人である冴紗に。

それも、ここは虹霓教信仰国ではないのだ。その皇帝とやらが、ほんとうに他宗教の神の子の言葉を聞くのかどうか。

首相は、足を止めた。

大扉があった。

そのなかに皇帝がいるのであろう。

振り返る顔は、蠟燭《ろうそく》の灯《あか》りでさえ、青ざめているのがわかった。

「あらかじめ申し上げておきます。………なかをご覧になっても、驚きになられませんよう。こちらが促すまでは、けっしてお言葉を発しませぬよう。…そして、……どうか、どうか、……お赦《ゆる》しください」

「なんだ、その言い方は？　なにを赦せというのだ？　そもそもこのような異国へと呼びつけたこと自体、十二分に失礼で、不遜な行為であるのだぞ？」

「……はい」

言い淀んでいる様子を怪訝に思ったが、

「まあ、いい。おまえらに恨みはないし、おまえらを責める気もないのだからな。さっさと役目を終えて、帰るだけだ。——扉を開けろ」

扉は、幽かな音だけをたてて、開けられた。

むっとするような熱気。ずいぶんと炎石を燃やしているようだ。

奥で、なにやら蠢くものが、あった。

一段高い座、……寝台か？　巨大な？　そこで、肌色のものが燭台の灯りで浮かび上がった。

おぞけを震ってしまった。

肌色のもの、と見えたのは、じっさいの人であった。

全裸の女たちが、寝台といわず、床といわず、そこらじゅうに寝転んでいたのだ！

とっさに羅剛は叫んでいた。

「見るな、冴紗！」

身を翻し、胸に冴紗を抱き締める。

一瞬目にしたおぞましい光景が、瞼に焼きついている。

思わず、首相を睨みつけていた。

なにゆえ、あのようなさまを見せる！

女たちに取り囲まれていた者が、のっそりと動いた。

男であった。

ひじょうに小男だ。

尋ねるまでもなく、皇帝であろう。

堕落と怠惰を形にしたら、ああいった姿になるのではないか。

五十がらみの男だ。たるんだ肉、うつろな瞳、濡《ぬ》れた股間を隠そうともせず、ぼんやりとこちらを見やっている。

……盲目なのか……？

いや、まったく見えていないわけではないようだが、視線の動き方が怪しい。こちら側に複数の者が立っていることすら、気づいておらぬ様子だ。

男は目を瞑《つぶ》り、鼻をひくつかせ、

「……おや……？　なにやら、えもいわれぬ馨香《けいこう》が……」

冴紗の香りであろう。香などつけずとも、冴紗は陶然とするような香りを発しているからだ。

「だれかいるのか？　…じい、……？」

かなり逡巡した様子ではあったが、老首相は、決意を固めた様子で応えた。

「はい。おられます」

つづく声は、哀れにも震えていた。

「修才邏国の国王陛下と、神の御子さまが、わざわざご来駕《らいが》くださったのです。——陛下が、以前おっしゃった言葉を、…若い者たちが、実行に移しました。………たしかに、他国の、神の御子さまを、お連れいたしました」

とたんに、耳障りな甲高い声が返ってきた。

「知らない！　そのような国は聞いたこともない！　余は、神の御子を連れてこいなどと命じたこともないぞ！　どうして余の寝所に、そのような者たちを連れてきたのだっ？」

首相は、血が混ざるような悲痛な叫びを放った。

いままで比較的感情を抑えていた様子であったが、もうこらえられなくなったらしい。

「おっしゃったではありませんかっ！　神の御子なら、話してもかまわぬと！　…みな、聞いております！　諌める言葉を直訴する者を、処刑しながら、いつも、いつもおなじことをおっしゃった。ご自身より格上の者の言葉なら、聞いてやってもかまわない、と」

しかし、皇帝はさらに逆上した。

「覚えていない！　じい、おぬしまで余を責めるのかっ？　ならば、息子の命、差し出すか？　子の産めないおぬしの娘は、すでに牢のなかだからな！」

黙っていろと言われたが、下種《げす》すぎる物言いに、さすがに黙ってはいられなくなった。

……いったいなんなのだ、あの男は！

首相の息子は、たぶんもう命がない。国を憂いて、その身を捧《ささ》げた。いまは凍る海に眠っているはずだ。

話の内容からして、娘も、何代目かの皇妃に取り立てられてしまったのではないか。

ふたりの語り口で、比較的親密な仲に思えたが、よくもまあそのような惨いことができたものだ。

恐怖で民を支配する王も、むろんいる。羅剛の父、皚慈《がいじ》も、けして褒められた王ではなかった。逆らう者を片端から虐殺した。

それでも、だからこそ許せぬことだ。

羅剛は唸りつつ、難じた。

「聞いたことがないだと？　貴様の国の民たちは、聖虹使の名を知っていた。なのに、一国の王である者が、知らぬと言うのか！」

動きを止め、ゆっくりと、皇帝はこちらに視線をよこした。

むこうからは、暗がりでほとんど見えぬはずだが、羅剛と皇帝は、あきらかに睨み合う恰好となった。

皇帝の唇が、わずかに動いた。

「…………………牢へ」

「は？」

「牢へ入れろ！　余の宮殿、世の寝室に、無断で立ち行った罰だ！　どのような者であろうとかまわない。牢へ閉じ込めろ！」

即座に諫める声が飛ぶ。

「皇帝陛下！」

「それはなりません！」

「他国の王と、神の御子さまでございますっ」

「知らない！　だれも近づけるなと命じたのに、余の命《めい》を破ったおぬしらも、首を斬るぞっ？　一族全員、皮を剝ぐぞっ？　…わかったらすぐに、その者たちを縛《ばく》せ！」

茫然《ぼうぜん》とした。

首相たちも、おなじく、茫然と立ちすくんでいる。

……うかつであったわ。

村人たち、宮殿の者たちの、心やすい態度を見て、気を緩めていた。

皇帝は、金切り声を張り上げて命じる。

「聞こえないのか！　そいつらを縛すのだ！　親兄弟を殺されてもいいのかっ⁉　子供たち、孫たちの、皮を剝がされてもいいのかっ⁉」

なんと下劣で、卑怯《ひきょう》な脅し文句であることか。

それでも、人の心を持った者たちには、もっともきく威喝《いかつ》でもあるのだ。

苦渋の面持ちで、重臣たちは輪を詰めてきた。

冴紗が尖《とが》り声を上げた。

「おやめください、無礼な！　こちらのお方は、修才邏の、偉大なる国王陛下であらせられるのですよっ？」

「よい。落ち着け、冴紗」

視線でまわりを示す。

どの者も芝居をしているだけだ。こちらに危害を加える気はまったくない。

それどころか、憎しみの滾る瞳で皇帝を睨みつけているではないか。どの者も歯を噛み縛り、血の涙を流すような凄まじい形相で。

……ほんに、……崩壊寸前であったのだ、この帝国は……。

あらためて、とんでもない国へ来てしまったのだと、羅剛は深い後悔の息を吐いた。

Ⅷ　理不尽な投獄

　扉を閉めたあと、老首相は悄然《しょうぜん》と肩を落とした。

「……まことに、…まことに、申し訳ございません。まさか、他国の王や、神の御子《みこ》さまにまで無礼な態度をとろうとは……」

　忸怩《じくじ》たる思いが言葉に滲むが、謝意を受け取るわけにはいかぬ。

「そういうおまえらとて、あのようなおぞましい場に、俺たちを連れていったではないか。あやつが女たち相手に蛮行を行っているのを知っておったはずだがの」

「ひどい場面をお見せいたしまして……」

「まったくだ。――それで？　俺たちは、もう帰ってかまわぬのか？　それとも、あやつの命《めい》どおり、牢へと押し込むつもりか？」

　とたん、重臣たちの悲惨な泣き声が響く。

「お帰りにならないでください！」

「かならず、かならず我らが陛下を説得いたします。危害は及ばぬように、最大限努めますので、どうか、ひらに、ひらに…っ」

「ひらに？　伏して見せるゆえ、牢に入れと、そう言いたいのか？」

返事に窮した様子で黙り込む。

「おまえらがなんと言おうと、俺の怒りは収まらぬな。愛する妃に、あれほど穢らわしい場面を見せられて、怒らずにおれるか？　…あの男は、まことに花爛《からん》帝国の皇帝なのか？　気狂いではないのか？　目もまともに見えておらぬ様子であったが？」

「……おっしゃるとおり、…かもしれません。陛下の目は、見えていらっしゃるはずなのです。ですが、見えないとおっしゃいます。そして暗闇を好まれます」

「ああ、そういえば、あの場にいた女たちのさまも、見るからにおかしかったのう。薬でも盛られておるのか？　それとも、あまりの恥辱と苦痛に、心を蝕《むしば》まれてしまったか？　人に見られても、身動きひとつ取れぬありさまではなかったか？　…哀れなことに」

羅剛《らごう》の吐く毒の嫌味に、みな一様に視線を落とす。

この者たちは、自分たちを引きとどめはすまい。皇帝は、あの奈落の底のごとき寝所に籠もりきりだ。ならば、宮殿を出て飛竜《ひりゅう》を呼べばよい。それだけで、ことは済む。

……だが、それでよいのか？

羅剛は自問した。

ここで自分が癇癪《かんしゃく》を起こせば、すべてが仕舞いだ。

なにも知らぬ善良な村人たちも、臣たち、あの哀れな女たちも、みな膿《う》み爛《ただ》れたようなこの国の、下賤《げせん》な皇帝の支配下で生を終えねばならぬ。

冴紗《さしや》に視線を移す。冴紗は、唇を震わせていた。

「…………なにゆえ、あのような……」

つづく言葉はなんなのか。無様か？　下劣か？　あてはまる言葉が多すぎて、尋ねることすらできぬ。

しばし考え、話を振ってみる。

「——賭けてみるか、冴紗？」

顎で、首相たちを指す。

「この者たちの誠意に。そして、この国の者たちの決意に。…この機を逃せば、次はない。俺たちのように、情にほだされて他国へまで干渉しに来るような能天気な者たちはそうそうおらぬであろうし、おまえより高位の者は、この世にいないはずだからの」

冴紗は蒼白《そうはく》な顔のまま、じっとひとりひとりを、その虹の瞳で見つめた。

「わたしになにがあろうと、…わたしはかまいませぬ。人の醜さを赦すのが、神官としての務めでございますゆえ。なれど、我が君は、修才邏《いざいら》の偉大なる国王陛下であらせられます。我が君に危害を加えるならば、わたしは赦しませぬ。けして、けっして」

強い口調ではなかったが、冴紗の激しい怒りが伝わってきた。

冴紗は、こう見えてひじょうに向こう気が強い。

自分はなにがあっても薄い笑みで躱《かわ》してしまうくせに、羅剛のこととなると、感情の抑えがきかなくなるのだ。

首相はじめ、重臣たちは、深く頭を下げた。

「ならば、――信じましょう。ひと夜だけでございます。それ以上は、待ちませぬ。あなたがたが、自国の皇帝を、話の座に着くように説得なさってください」


牢は地下にあるらしい。

先導して階《きざはし》を下りつつも、首相たちは言い訳を吐く。

「牢と申しましても、地下のこちらは、罪人を捕らえておく場ではございません。地位の高い方々、…正直に申せば、皇妃さま方がお暮らしになっている場なのです」

「ほう」

「むろん、本来ならば最上級の賓客としておもてなしさせていただくところを、ほんに、申し訳ございません。けっしてご不自由はさせませんので、どうか、一晩だけご勘弁くださいい」

首相の言葉どおり、地階に一歩踏み出したとたん、羅剛は驚きを放っていた。

「なんだ？　上階よりもよほど宮殿らしいではないか」

壁面に取りつけられた燭台が、煌々とあたりを照らしている。

村で見たような繊細な柄の織物が、壁一面を華やかに彩っている。むろん足元にも美しい絨毯が敷き詰められている。

暖かく、埃《ほこり》臭さも黴《かび》臭さもない。よほど入念に清めているらしい。

だが、やはり牢は牢であった。

通路をはさみ、両側に鉄格子の嵌まった扉があるのだ。数は、左右十ほどか。それでも間隔が空いているので、奥行きも考え合わせれば、室内は意外と広そうだ。

「なるほど。たしかに、これは罪人を捕らえておく牢ではないな」

そこで牢のひとつから問いが発せられた。

「首相。その方たちは、どなたです？　異国の方のようですけれど」

四十なかばほどの、穏やかな風貌の女が、鉄格子のむこうから尋ねていた。

だれだ？　と視線をやると、

「はい。第一皇妃さまでございます。第一皇妃さまと、お付きの者たちが、こちらの牢にお入りになっておられます」

「第一皇妃？　すると、偉早悧《いさり》の姉か？」

女は、鉄格子に飛びつくようにして、尋ねてきた。

「偉早悧がっ……偉早悧が、……たどり着いたのですかっ？」

「ああ。偉早悧と宇為俄《ういが》が、我が国まで救いを求めにやってきた。ほかの者の名は聞いておらぬが――十名で出立し、八名が命を落としたらしいぞ」

女の背後から、女官《じょかん》らしき者の顔。

羅剛の話を聞き、顔を袖で隠してしまった。

ほかの扉からも、女たちの啜《すす》り泣きが聞こえてきた。重臣らと同様、それぞれ使者のなかに知己がいた模様だ。

「偉早悧は無事で……？」

「いや。無事とは言えぬな。そうとうな傷を負うておった。過酷な長旅であったようだ」

「それでも、やり遂げたのですね。…私たちの希望を、繋いでくれたのですね」

はっとしたように、羅剛の背後に視線を流し、偉早悧の姉は、ずるずると崩れ落ちるように跪拝した。

「御子さま……！　神の御子さまが…………ああ、ありがたいことでございます。お待ち申し上げておりました。国中の者たちが、何十年も、何百年も、御来訪をお待ちいたしておりました」

つられるように、女官たちが次々膝をつき、平伏した。

「けれど、首相、…どうして聖なる御子さまを、このような場所にお連れしているのです？　賓客の間にお通しできなかったのですか？」

第一皇妃の問いに、首相はうなだれるのみ。

「……陛下が、……お命じになったのですね……」

答えられぬ首相に代わり、羅剛が答えてやった。

「よい。俺たちは、この者たちの誠意に賭けてみたのだ。どこに寝ることになってもかまいはせぬ。…そなたらも覚悟を決めろ。嵐を起こすからの」

鉄格子が閉められると、それまで気丈にふるまっていた冴紗は、胸に手をあてたまま押し黙ってしまった。

やがて、つぶやくように、

「……申し訳ございませぬ。…わたしが、花爛帝国へ赴くことなど承諾しなければ…」

頬が緩んだ。冴紗は気に病んでいるようだが、なぜだか羅剛の胸には危機感などまったく起きはしなかった。

「まあ、そう重く受け止めるな。おまえは生真面目《きまじめ》に考えすぎだ。おまえのことはなにがあっても俺が守るゆえ、安心せい。…ほれ、牢には鍵もかけてはおらぬし、…見てみい。ずいぶんと豪華ではないか」

内部を検分してみる。部屋は四部屋。寝室が二部屋に、食事の間、女官の控えの間、さらには湯殿まで備えつけられている。その上、どの部屋も、美しい家具調度で飾られているのだ。

「ほんにのう。これでは、俺の私室などよりよほど居心地がよさそうだぞ？」

そこへ、人の気配が。

振り返ると、格子扉を開け、女たちがしずしずと食事を運び入れてきた。

美女が三人。

それも、着衣の薄衣《うすぎぬ》ごしに、乳やら尻やらが透けて見える女たちだ。

「失礼いたします。お食事をお持ちいたしました」

なまめかしい目で羅剛を見つめ、室内の卓上に料理を並べ始める。

冴紗は女姿であるし、羅剛が妃だと明言しているにもかかわらず、露骨なまでに媚《こ》びた態度だ。

なにやらおかしくなってしまった。

……皇帝に長年仕えて、この国の者どもも、少々感性が狂うておるのだな。

この世には、妻以外を疎ましく思う男がいるとは、思いもよらぬらしい。

だが予想外の動きもあった。

美女たちを見た瞬間、冴紗の顔が引《ひ》き攣《つ》った、ように見えたのだ。

……不快であったのか？

それとも、…と、自分に都合のいい考えが浮かぶ。

もしや、わずかでも妬心をいだいてくれたのではないか？

そうであったら、どれほど嬉しいことか。

女たちが辞したあと、さりげなく尋ねてみる。

「どうした？　ん？　顔色が悪いようだが？」

冴紗の瞳が翳《かげ》る。

「いまの女どもか？　…べつに悪気はなかろうよ。家臣どもは、皇帝の好みで動いておるのだろうし、それに、薄衣は、たぶんこの国では、最高の装いだ。…漁村の村人も、暖かさをもっとも喜び、と言うておったろう？　極寒の地では、薄衣で暮らせることがいちばんの贅沢《ぜいたく》なのだろうよ」

仮面を取ってやり、卓の上に置く。

現れた冴紗の素顔には、さらにわかりやすい翳りが差していた。

胸がざわついた。尋ねる声も、かすれてしまう。

「俺がほかの者を見ると、つらいか？」

「……いいえ。…いいえ」

「すねておるのか？」

間があり、つんと言い返してくる。

「…………すねてなど、おりませぬ」

熱い喜びが胸を満たした。では、やはり、自分の勝手な思い込みではなかったのだ。

頰を撫でてやると、いやいやをするようにうつむいてしまう。

「知らぬのか？　おまえがその言葉を吐くときは、たいそうすねておるときだ。さきほどまではすねてなどいなかった。いまの女たちが原因なのだな……？」

見上げてきたときには、瞳が揺れていた。

「冴紗は………見苦しくはございませぬか……？」

「見苦しいわけがなかろう」

揺れた瞳は、今度は横にそれてしまう。

「……羅剛さまの妃としていただいているだけでも、身に余るほどの幸せでございますのに……なにゆえ、このような不遜な想いをいだいてしまうのでしょう……」

悲しげな冴紗とは対照的に、羅剛の胸は歓喜で震えていた。

「俺が、ほかの者と視線を交わすのを見るのは、つらいか？」

「………いいえ。…いいえ……御身《おんみ》は、侈才邏の王でございますれば……」

「そうだな。炎神を拝む国に生まれておったら、俺も、あの男のように、側室のひとりやふたり、いたやもしれぬな？」

瞳に悲しみの色が走ったが、冴紗は唇を嚙んでうなずいた。

もう耐えきれなかった。

冴紗の細腰を抱き、唇を奪っていた。

「すまぬな。いじめてしまった。おまえがあまりに愛《う》いのでな。俺は、どのような国に生まれようと、おまえ以外に心奪われたりせぬわ。おまえがたとえ見苦しかろうと、これより先、老いさらばえようと、俺の心はいっさい変わらぬ」

冴紗はあらがって、羅剛の胸から逃げようとする。

「ん？　怒らせてしもうたか？」

つらそうに睨んでくる。

「羅剛さまは、なにゆえわたしの真意をお察しくださいませぬのか」

女官長の言葉が、しみじみと思い出された。

……そうか。おまえは、俺を自分のものだと思うておるのだな。

そして、嫉妬してくれたのだ。

胸の喜びが、全身に拡《ひろ》がっていく。

冴紗のこのようなさまを見られただけでも、この国に赴いた甲斐があるというものだ。

見ると、運ばれた料理はどれも湯気を立てている。

だが、いま欲しいのは食事ではないのだ。

怒《いか》っている冴紗をなだめるように、頬に、額に、くちづけてやる。

冴紗の手を取り、羅剛は自分の頬に持っていった。

「ほれ。触れてみい」

冴紗は、いやいや、と首を振る。

「おまえのものだ。俺は、すべて。…婚礼の儀の際、唱えたであろうに？」

それでも駄目らしい。

羅剛は、もう暗唱してしまっている誓いの言葉を述べた。

「忘れてしもうたか？　…ならば、幾度でも言うてやろう。――この身、この心、血の一滴《ひとしずく》にいたるまで、我は未来永劫《えいごう》、御身のものなり。御身を護《まも》り、慈しみ、すべてを愛する者なり」

言葉の合間にくちづけをはさみ、最後まで述べる。

「受けとりたまえ、我がいとしの妃よ。――我らの誓いは永遠なり。我らの愛もまた、とこしえにつづくものなり」

はらはらと冴紗は涙を流し、なじった。

「苦しゅうございます」

「え？」

冴紗は、手で胸を押さえて訴えた。

「……痛くてたまりませぬ」

一瞬、病では、と心配したが、どうもそうではないようだ。

「羅剛さまのお言葉ひとつひとつが、わたしを翻弄《ほんろう》いたします。風に舞う木の葉になってしまったかのように、お言葉ひとつ、お目の動きひとつで、心が天上に昇ったり、地へと堕《お》ちたりいたします」

虹の涙が頬を流れ落ちる。

「この国に来て、心のままに歌い、踊り、……さきほどまで、ほんに、ほんに、楽しゅうございました。本来のお役目を忘れてしまいそうになるほど楽しく、…ですからいま、たいそう、つろうございます。御身をこのような目に遭わせてしまって…」

つづく言葉は言わせなかった。

抱き上げ、寝室へと向かう。

寝台に寝かせようとすると、やはりまだあらがう。

「なぜだ？　俺に触れられるのは厭か？」

「……いいえ。なれど、…いま御身に触れてしまいましたら、冴紗はおのれの想いをこらえられなくなりまする」

白磁の頬を指先で撫で、花びらの唇を刷《は》いてやる。

「なにゆえこらえねばならぬ？」

冴紗は、とちいさく首を振り、視線をそらす。

「……萌《きざ》しそうか」

眉が下がる。恥ずかしげに唇を噛む仕草が、胸を焦がすほどいとおしい。

「俺はとっくに萌しておるがの」

「なれど、……このような場所で……」

「かまわぬだろう。だれも見てはおらぬ。扉は閉まっておる。人に声など聞こえぬ。……いや、聞こえてもかまわぬぞ？　もし、このまま屠られてしまうのなら、最後の一夜になるやもしれぬしな」

冴紗は蒼白になってしまう。

「冗談だ。おまえとて察しておろう？　この国の者は、俺たちに危害は加えぬ。あの皇帝がなにを言おうが、だれひとり従わぬだろうよ」

迷うさまが、なんともわかりやすい。からかいまじりに訊いてやる。

「こらえられるていどか？」

服の襟元に手をやるだけで、冴紗は羞紅してしまう。

「ん？　どうなのだ？」

聞き取れぬほどの返事。

「…………いい、…え。……こらえられぬほどでございます」

「ならば、ねだれ。おまえの願いなら、なんでも叶えてやるぞ？」

ほんに、意地のお悪い。

無理やり奪ってくだされば、わたしも流されたふうを装えますのに……。

言葉にせずとも、そのような冴紗の本音が透けて見えるようだ。

頬を指先でつつき、

「ほれ。言わぬのならば、…夕餉にするぞ？　俺は腹など減ってはおらぬがな。おまえがそうしたいのなら、かまわぬぞ？」

「……いいえ、…いいえ。いまは……」

「ならば、どうしたいのだ？　言うてみい？」

重ねて問うと、ついに懇願の言葉を吐いた。

震えるちいさな声。

「…………冴紗は…………お情けを…………賜りとう、存じます」

思わず唇がほころんでしまう。

おまえの言葉、おまえの瞳、ひとつひとつで木の葉のように舞い上がり、翻弄されてしまうのは、俺のほうだ。

「愛らしいのう、冴紗」

つねではけっして見られぬ冴紗のさまを見られたことが、嬉しくてたまらない。

昂る想いは、いつも以上に激しい。

Ⅸ　皇帝との会談

なにやら物音で目覚めた。

朝になったようだ。

「お出ましくださいませ！」

おお、やっと話がついたのかと、冴紗《さしゃ》とふたり、支度を整えて格子扉まで向かう。

廊下には、数人の男が跪拝していた。

「数々のご無礼を、ひらにお赦しください」

床に額をこすりつけるように詫びるさまを見て、羅剛《らごう》は鷹揚にうなずいてやった。

「よい。これはこれで珍しい趣向として楽しんだ。我が妃は、たいへん心の広い人間であるゆえな」

じっさい羅剛は機嫌がよかった。

昨夜は、いつになく冴紗が燃え上がってくれたからだ。

冴紗と出逢《であ》い、想いを募らせて十年以上。まだ蕾《つぼみ》さえつけていなかった無垢《むく》な花は、徐々に咲き始めている。

自分の手で冴紗を咲かせているという喜びが、羅剛の胸を熱くさせるのだ。


賓客の間に通され、朝餉。

二刻ほど待たされたが、ようやく謁見の間らしき場所に連れていかれた。

昨日の男は、玉座に着いていた。

むろん着衣も整えている。この国の民族衣装らしき、華やかな織の衣服。あまたの宝玉で彩られた王冠。

形だけでも帝王としての体裁を取り繕ったようだ。

そこで羅剛は気づいた。

……ほう。家臣ども、やりおるではないか。

玉座に対して、三立《りゅう》ほど離れた位置に羅剛たちの席を設《しつら》えてあったのだが、笑えることに、その高さは玉座より高いのだ。

あまり目がきかぬと侮ったのか、それとも皇帝への反逆の思いの表れか。

冴紗の手を引き、席へと着く。

見えていないというのなら幸いだ。冴紗の麗しさを悟られずに済む。

皇帝は早々に言い訳を吐いた。

「昨日は失礼した。我が国は古来よりまれびとを尊ぶ国であると、家臣どもが言うのでな」

しかたなく話し合いの席に着いてやったのだ、感謝しろ、とでも言わんばかりの、ふてぶてしい物言いだ。

冴紗に視線を流す。

……どうだ？　あの男と話せそうか？

無理なのはわかっていた。

冴紗はかつてないほど怒りを滾らせている。仮面ごしにも、鋭い目つきが見て取れるほどだ。

ならばできうるかぎり自分が語らねばならぬだろう。

「俺は侈才邏《いざいら》国王、そして隣は、我が妃であり、虹霓《こうげい》教《きょう》最高神官、聖虹使《せいこうし》でもある者だ。貴殿の国の使者よりの要請で参った」

返事を待ったが、しばらく、ない。ようやく、気怠《けだる》げにしゃべったかと思えば、

「そうか」

そのひとことだ。

こうして明るい場で見ると、品性の下劣さ、日々の荒淫が容姿のはしばしに表れている。

その身から漂う、誇耀《こよう》の思いの禍々《まがまが》しさ。

羅剛はさほど怒りも感じていなかったが、やはり嫌味のひとつも言いたくなった。

「それだけか？　花爛《からん》帝国を救ってくれと、使者たちは涙ながらに乞うてきた。貴殿は下の者の言葉を耳に入れぬ王であるそうだな」

皇帝は傲慢に眉を上げた。

「それが王というものだろう？」

「ああ？　本気で言うておるのか？」

孤陋《ころう》な男は、顔色も変えずに言い切った。

「とうぜんだ。余は、高貴な王族の血筋なのだ。民どもとは身分がちがう」

「身分がちがうから、民草の命など踏みにじってもかまわぬと、そう言いたいのか」

「おかしなことを尋ねる。踏みにじろうが、なにをしようが、天に赦されている者を、王と呼ぶのではないのか？」

肩をすくめ、おおげさに呆れてやった。

「聞きしに勝る、だな。貴殿は王となるための勉学をしてこなかったのか？」

「勉学？　兄上方は帝王学を教えられていたが、余は教えられなかったな。末子であったのでな」

「そうか。教えられねばわからぬのか」

皇帝は、目を瞑ったまま、あたりを探っている様子だ。

「じい？　余はいつまでこのような席に着いていなければならないのだ？」

ふん。大の大人が、半刻と座っておられぬのか。子供と変わらぬな。

侮蔑の思いで、羅剛は本題を振った。

「次々に妃を娶るのはやめろ。虹霓教では罪だ。そうでなくとも、常軌を逸している」

話など聞いていなかったふうの皇帝の態度に、初めて動きが出た。

羅剛はつづけた。

「人の命を粗末にするな。みな生きている人間だ。心もある、家族もいる。権力を笠《かさ》に着て、民に圧制を強いているのは、他国の王としても見過ごせん」

「……なんだと？」

皇帝は手を持ち上げかけ、その手を空で握り締める。

……ほう。さすがに腹を立て始めたか。

いい流れだ。感情を動かしてくれなければ、こちらの話も耳には届かぬ。

「それに、炎石とやらが流通しておらぬらしいの。なにゆえだ？」

皇帝は声を荒らげた。

「うるさいからだ！」

「なぜ、うるさい？」

「宮殿の下に、採掘場があるからだ！　余の耳に掘り出す音や、鉱夫たちの下品な声が入る。不愉快極まりないのだ！」

ではおのれは品があるのかとせせら嗤ってやりたかったが、それはよした。

「だが、炎石がなければ、この国では寒さを凌げぬと言うではないか。死んでしまうと聞いた。民たちのため、それくらいのことはこらえられぬのか？　または、宮殿の位置を移せばよい。この宮殿でこれほど燃やしている炎石を、民たちにまわしても、いい」

皇帝は吠え返してきた。

「他国の者が口を出すな！　民など、死ぬというなら死なせればいい！　虫けらどもが一匹二匹減っても、余は痛くも痒くもない。放っておいても、あとからあとから涌《わ》いてくるのだからな！」

冴紗が憤りを隠せぬ声でつぶやく。

「……なんということを」

羅剛は横目でうなずいた。ああ。そうだな。なんということを、だ。

たとえ末子であろうとも、王族として生まれれば、それなりの自覚は持つものだ。出生順に王位が巡ってくるとは限らぬのだから、いずれ自分が王として国を治めることになるかもしれぬからだ。

だがこの男は、自覚など欠片《かけら》もない。それ以前に、人の心すらないのではないか。

羅剛は淡々と質問を重ねた。

この男を怒らせても問題はない。謁見の間の廊下には、家臣や門番、女官《じょかん》たち、多くの者たちが集結していた。事が起これば、彼らはかならずやこちらの味方につく。それは確信であった。

羅剛はさらに挑発的な問いをぶつけた。

「その目は、以前は見えていたと聞いた。なにゆえ見えなくなった？　病ではないのであろう？」

「……無礼な！」

「無礼は貴殿のほうであろう。答えろ。それとも、答える頭すらない愚鈍な人間なのか？」

皇帝は腰を上げかけた。そこへ叩きつけるように次の問いを放つ。

「真実を見たくないから、見ぬようにしているのではないか？　貴殿の行動は、俺の知っている盲《めしい》の者とはあきらかにちがう」

皇帝は言い返してきた。ついに本音を吐き出したようだ。

「見たいわけがないだろう！　この国の醜さなど！」

ほう、と羅剛は侮蔑の思いを込めて、応えてやった。

「この国が醜いだと？　美しい国ではないか」

「どこがだっ？　凍るばかりで、なにもない！」

「人がおるではないか。美しい心根の者たちばかりが」

「心根など、知るか！　惨めで、哀れな、薄汚い民たちばかりが、雪のなかで生きているだけだ！　民など、獣と変わらない。獣か、蛆虫《うじむし》どもだ！」

もう礼など尽くさずともかまわぬだろう。

羅剛は呼び方を変えた。貴殿という敬語から、侮蔑の、貴様に。

「貴様の目には、この国が醜く映っておるのか？　――この国が醜く見えるのは、それは貴様の心が醜いからだ。この国の人々が惨めに思えるのは、…それは貴様が驕《おご》り高ぶっているからだ。…なにと比べて惨めだ？　なにと比べて、哀れだ？」

怒り狂うのかと思いきや、皇帝は座に深く座り直し、しばし虚空を睨んでいた。

やがて、投げ捨てるような口調で問うてきた。

「子のできない苦しみがわかるか？」

鼻で嗤ってやった。

怒りを煽《あお》った甲斐があった。むこうも芝居などつづける気がなくなったようだ。

「我が妃は、もとより子は産めぬ。男であるからな」

「……男……？」

「ああ」

本気で驚いたらしい。

家臣たちも少々ざわついている。

皇帝は冴紗のほうに視線をやり、

「いま、そこに連れているのは、男だというのか？　おぬしの国では、男と婚姻を結ぶのか？」

「いや。普通は女だ。だが、俺が愛して、これも、俺を愛してくれた。…ただ、それだけの話だ」

「だが男同士では、王家の血が繋がらない」

「ああ。俺の血は繋がらぬな。――だが、血だけが、のちの世に残すべきものか？　俺の想い、俺の作り出し、成し遂げたこと、すべてが残される。語り伝えられる。俺の生きた証は、確実に残る。……いや、そのようなもの、残らずともかまわぬのだ。俺はただ、愛する者と、ともにありたいだけだ」

皇帝の酷薄そうな唇が、歪む。

「愛する者？　愛など、この世に存在しない」

羅剛こそ嗤いを浮かべていた。

「存在しないのではなく、貴様のまわりにはない。そう思っているだけであろう？　俺のまわりには、存在する。確実にな。俺のまわりだけではなく、世のあらゆる場所に、愛は存在する」

目を剥《む》いて睨んできた。

言葉の刃《やいば》は確実にやつの胸へと刺さっているようだ。

羅剛は次の刃を繰り出した。

「本音を言うてもかまわぬか」

「……ああ」

投げ捨てるように、羅剛は言葉を吐いた。

「子ができぬのは、貴様のせいではないのか？」

「……なんだと？」

「知らぬのか？　だれも教えはしなかったのか？　子種がない男もおるのだ。そういう者には、子はできぬ。妻をいくら換えても、だ」

その瞬間の、呆けた顔。

「知りたくなかったか？　それとも、もっと早くに知りたかったか？」

次に浮かんだ表情は、怒りか狼狽か。

「貴様は末子だと言うた。兄たちはどうした？　みな、病死か？　もしや貴様が謀殺したのではないか？　おのれが、その座に就くために」

皇帝は鼻を膨らませ、幾度か大きく肩で息をしてから、尋ねてきた。

「おぬしは、どこの国の王と言った？」

「修才邏」

ひとことだけで答えると、皇帝は次なる質問を発する。

「おぬしの治める国は、大きいのか？」

「ああ」

「余の帝国よりも？」

「真実を聞きたいのか？　それとも追従《ついしょう》か」

「真実だ」

しばし考えた。

漁村の村人は、宮殿は国の中央に位置していると言っていた。ならば、ほかの村も、たいして離れていない距離にあるということだ。

……あの獣の橇《そり》で、宮殿まで四刻はかかっておらぬはず。

飛竜《ひりゅう》ならば、一刻ていどか。

考え、ぞっとしてしまった。

狭い。途中に村はなかった。ひとつも、だ。

他の場所には大きな街があるのやもしれぬが、あの村の人数を鑑みて、国の民たちはたぶんたいしていない。一万か？　多くても五万いるかいないかであろう。

皇帝は、閉ざされた島国で、世をまったくわかっていないのだ。

……これが帝国だと？

いや、そのような佳名で呼ぶどころか、国と呼ぶことすらできぬ小集落ではないか。

羅剛は覚悟を決め、語り出した。

「わかった。答えてやる。この国は、たしかに大きいが、ほぼ氷に閉ざされた凍土だ。人の住める地ではない。だが、俺の国は、凍土ではない。極寒の地はあるが、凍りはしない。広さは、……そうだな、この国の百倍、二百倍、…いや、属国も含めると、千倍以上かもしれぬな。――どうだ？　信じるか？」

いったん黙ったあと、

「嘘ではないようだな」

懸命に感情を押し殺している様子だが、内心かなり昂っているようだ。

皇帝は、唸るような問いを発した。

「…………おぬしに、…皇帝として生きる苦しさが、わかるか……？」

「上に立つ者の苦労、という意味か？　いま言うたであろうに？　俺は、この小国の千倍以上の国の、王であるのだぞ？　それどころか、我が妃は、神の御子《みこ》だ。貴様や俺どころではない、虹霓教信仰国すべての民の上に立っている。…苦労？　俺や貴様が吐くべき言葉ではないわ」

皇帝は激高を満面に表し、叩きつけるような口調で問うてきた。

「ならば、おぬしに、人に裏切られる苦しみがわかるかっ?」

唐突な質問に、淡々と答えてやる。

「笑止。人に裏切られたことのない者のほうが、すくなかろうよ」

「おぬしも、だれかに裏切られたことがあるのか」

「俺の父は、謀叛兵《むほんへい》に殺された。俺もまた屠《ほふ》られる寸前だったところを、…この妃と、妃の父に救われた。妃の父は、……そのとき、死んだ」

言葉にすれば、それだけだ。

いまでも瞼を閉じれば、あの日の様子がまざまざと思い浮かぶ。

死んだのは、父王と冴紗の父だけではない。多くの兵たちが死んだ。

謀叛兵とは言うたが、みな国を救うために命を賭した殉難の士だ。

みな懸命に生き、命を終えた。

どの者の生も尊いものだ。

押し寄せる想いを抑え、告げる。

「ここまで来たなら、すべて言い置いてやろう。——俺には、臣下が貴様を裏切ったとは思えぬ。子のできぬ貴様のために、あえて不貞を働いた、ということはないのか? 常軌を逸するほど子を欲しがる、貴様のために」

「……なん、だと……?」

「その側近は、王家の血を引いているのではないか？　いとこか？　またいとこか？」

瞠目《どうもく》が、答えだ。

「王に子が生まれなければ、血が途絶える。どこの王家でも、血を繋げようと躍起になる。

…なんらおかしなことではない」

そうだ。家臣たちは、この皇帝を憎んでいても、王家を憎んでいるわけではないのだ。

たぶんこれは、あて推量ではない。

家臣たちの総意で、継嗣《けいし》が作られたのだ。

「俺の次の王は、いとこの子がなる。俺には子ができぬが、そうして王家の血は繋がる。

…それでいい。いったいなんの問題がある？　——貴様の殺した子供たちは、王家の血を引いた子たちだった。…いや、王家の血など引いておらずとも、だれからも愛される、未来のある子たちだったと聞く。貴様のやったこと、やっていることは、残戮《ざんりく》のおこないだ。帝国の皇帝などと名乗り、世の真実を知らず、おのれのみを哀れみ、他者の命を弄《もてあそ》ぶ。俺の言葉を聞き、心を入れ替えられるならばまだいいが、駄目なら、次の手を打つ。この国の民たちのために」

皇帝の顔が醜く歪んだ。

なにか、人とは思えぬ薄気味の悪い歪み顔だ。

つと立ち上がり、皇帝は玉座から降りた。

どこへ、と問う間もなく、蹌踉《そうろう》たる足取りで扉へと向かう。

「陛下っ！　どちらへ行かれますっ？」

「まだ会談の途中でございます！　席にお戻りください、陛下！」

家臣たちはあわてた様子で引き留めようとするが、止める手を邪慳に振り払い、行ってしまう。

羅剛は座から降りた。

「冴紗。追うぞ」

「はい」

まずいことが起こる。

だれもがそう思ったはずだ。

やつを止めねばならぬ。やつはよくないことを考えている。

皇帝は両手を壁につけ、手探りで、まるで壁に抱きついているかのような格好で進んでいる。

そのような体勢で、まっすぐ歩けるわけもない。片足は引き摺るような状態である。だが、目もあまりきかぬはずであるのに、驚くことにたいそう速いのだ。

「陛下！　お待ちください、陛下！」

すがる声にも耳を貸さず、さらに勢いづいて進んでいく。

「陛下！　お止まりください！」

追う人数が増えてきた。みな、異変を察して、皇帝を止めようとしている。

「おい、あやつは、どこへ向かっておるのだ？」

追いついた羅剛が尋ねると、小走りに追いかけていた首相は、

「自室へお戻りになるようですが……」

「ですが、…なんだ？　さきほどの剣幕からすると、なにかしでかそうとしているのではないのか？　おまえらもそう思うておるのではないか？」

首相はうなずく。

「自室には、なにがある？　剣は？」

「はい。ございます」

「自死をするつもりならまだいいが、あれはそのような性格とは思えぬ」

小走りで息が上がっているのか、首相はとぎれとぎれに応えた。

「自死、など……なさるはずがない」

それにしても、鬼気迫る進み方だ。皇帝は徐々に駆け出し始めている。

廊下を抜けると、自室へと飛び込む。

昨日おぞましい場面を見てしまった、あの大扉だ。

……しまった、逃げられたか。

しかし首相が飛びつくようにして取手をまわすと、なんなく開いた。内鍵はかけられていなかったようだ。

「陛下！」

またあの裸の女たちを見なければならぬのかと瞬時迷ったが、緊急時だ。こらえようと、羅剛もあとにつづく。

冴紗もつづいて来たので、腕に抱きかかえ、

「目を瞑っていろ」

「はい」

今日はありがたいことに女たちは衣服を身に着けて寝ていたので、その脇を駆け抜ける。

そこでようやく皇帝は、みなに追われていることに気づいたらしい。

振り返り、恫喝《どうかつ》してきた。

「来るなっ！　余の部屋に入ることをだれが許したっ⁉」

羅剛も言い返す。

「ふざけるなっ！　この国では、貴様がもっとも上位なのだろうが、世ではこの国など豆粒ほどの大きさだ！　貴様などに命ぜられるいわれはないわっ！」

皇帝は、ぎりぎりと歯を食い縛っている。

獣のごときありさまだ。なんと見苦しき姿であることか。

「じい！　なぜこのような者たちを国に入れたっ？」

応える首相の声には、苦渋が滲んでいた。

「………陛下は、……まだ、臣下に罪をなすりつけるおつもりですか」

「口ごたえをするな！」

老首相の反駁《はんばく》は悲鳴のようであった。

「この国は、陛下の持ち物ではございません！　生きているのは、陛下だけではございません！　虫けらではなく、…みな、……みな、懸命に生きております！」

家臣がそこまで言うても、皇帝の心には届かなかったようだ。

「うるさいっ。下賤な血の者が、余に説教を垂れる気か！」

「私にも、王家の血は流れております！」

「余ほど濃くはない！　余は直系の王族だ！　おぬしの血など、水のようなものだ！」

室内にあまたの靴音が響いていた。

横目で背後を見ると、宮殿中の者たちが次々と集まっている様子。

遠い耳鳴りのように、幽かな声が聞こえた。


誅戮《ちゆうりく》を……！

声に出すことが憚られたのか。あまりに長い圧政のため、怯えて言葉が発せられなかったのか。

しかし、いまは他国の王と、神の御子がいる。

ひとたび声が上がれば、徐々に声は合わさり、しまいには耳を聾《ろう》さんばかりの大合唱となる。


討ち取れ！　皇帝を粛清《しゆくせい》しろ！

殺せっ！　その男を殺してしまえ！


床を踏み鳴らし、怒りを滾らせた声が響く。


おれの父は、そいつに殺された！

母も、妹もだ！

みんなそうだ！　家族を殺されてない者などいない！


ひとりひとりの呪詛《じゆそ》のごとき恨みの言葉を、皇帝はけっして耳に入れまいとしてか、両手で耳を覆い、激しく首を振る。

「うるさいうるさいうるさいっ！　蛆虫どもが！　余に物を申すなっ。余は皇帝なるぞ！　偉大なる花爛《からん》帝国の、皇帝であるのだぞっ？」

羅剛は冴紗に視線を流した。

俺たちは、どうする？

おまえは、どう動く？

自分たちが来たことによって、導火線に火は点《つ》いた。人々は覚悟を決め、決起した。ならばあとは、花爛の国民たちに任せればよいか。それともまだ自分たちにはやるべきことがあるのか？

城の者たちが声を上げ始めたことで、一瞬、意識がそれた。

羅剛がふたたび気づいたときには、皇帝は姿を消していた。

「なにっ？」

冴紗がすぐさま応える。

「壁でございます！　わたしは見ておりました。棚を動かし、背後の壁へと、逃げ込んだのです！」

むろん、全員が駆け寄った。

棚を動かし、あたりの壁を手探りすると、ほんの半立《りゅう》ほどの小扉が隠されていた。

開けてみる――が、皇帝の姿は見えぬ。黒き闇があるばかり。

羅剛は声を尖らせた。

「ここはなんだっ？　やつはいったいどこに消えたのだっ？」

扉のなかに半身を入れ、なかを覗き込むと、下に向かい、うっすらと階《きざはし》が見えた。

厭な予感はさらに強くなっている。

止めなければならぬ。なんとしてでも。

首相はひどく狼狽している。首相だけではなく、重臣たちもだ。

「……知りませんでした。陛下の寝室にそのような隠し扉があったとは……」

「階がつづいておる。どこに通ずるっ？」

「それも…我々は……」

「ああ、もういい！　おまえらが知らされていなかっただけであろう！　とにかく追うぞ！　気概《きがい》のある者はついてまいれ！」

思いつき、つけ足す。

「それから、手燭《てしょく》を持て！　暗くて見えぬ！　これでは先へ進めぬ！」

身を滑り込ませる。

狭い。

人ひとりがかろうじて下りられるほどの階だ。

そして長い。駆け下り、ずいぶんと下りつづけたが、いっこうに地階へと着かぬのだ。

肌が粟立《あわだ》ってきた。

……なんなのだ、ここは……。奈落にでもつづいておるのか……。

羅剛は自身を嗤った。

馬鹿な。なにを臆しておるのだ。地下には炎石を掘る鉱石場があると言った。ならばそこへつづいているのであろう。

唐突に、視界がひらけた。

四立《りゅう》四方ほどの小部屋だ。

皇帝は、いた。

部屋の中央で、なにかを弄《いじ》っていた。

手燭の灯りでぼんやり浮かび上がったさまは、背を丸め、幽鬼のごとく禍々しい姿であった。

「……貴様っ……」

飛びかかるようにして、襟首を掴んでいた。

「なぜ逃げたっ？　なにをしようとしているっ⁉」

「うるさい！　離せ！　余に触れるな、下郎が！」

皇帝は、羅剛の手を振り払うように、滅茶苦茶《めちゃくちゃ》に暴れる。

あとにつづいて来た首相たちの怒声が響く。

「陛下！　そのお方の言葉に従ってください！　話し合いの席に戻ってください！」

「我々は、もう決意を固めました！　皇帝陛下、お覚悟を！」

「うるさいうるさいっ！　そなたらの言葉など聞かない！　この国は、余の国だっ。余が好きにしてなにが悪い！」

羅剛も怒鳴り返す。

「どれほど言うたらわかるのだっ？　国は、王ひとりのものではないわ！　王というは、ただその地位に就いているだけの者、命の重さは、民と変わらぬのだ！」

皇帝は、歯を剝き出しにして、唸り返してきた。

獣のごとき形相だ。

「変わらぬわけがない！」

「そう思うておるのは貴様だけだ！」

「余は皇帝であるのだぞっ？」

「この小集落を、力と恐怖で押さえつけているだけの者が、たわけたことを申すな！」

怒鳴り合い、睨み合う。

息詰まるような間があったが——狂乱が極まったのか、皇帝は唐突に絶叫を放った。

「もう終わりだ。みんな死ねばいい！　こんな国など、滅びてしまえばいいっ！」

子供が癇癪《かんしやく》を起こしたときのように地団太《じだんだ》を踏み、憎々しげに唾を吐き捨てる。

「死ねっ！　みんな死んでしまえ——っ‼」

そして、なにかを、した。

みな、しばし動きを止めていた。

動きも、声もだ。

羅剛は気づいた。

「…………おい……なんの音だ……？」

低い地鳴りのような音。

いきなり皇帝は頤《おとがい》を開き、哄笑《こうしよう》を始めた。

なんともおぞましい、毒でも吐き散らすかのような高笑いだ。

……手に、なにか持っている……？

二指《し》四方ほどの、四角い石だ。

地鳴りの音が高鳴っている。徐々に轟音《ごうおん》になっていく。空気を震わせ、足元を揺らがせる。

羅剛は声を荒らげ、問うた。

「貴様……なにをしたっ？　それはなんだっ？　この音はなんなのだっ？」

部屋の中央に、台があった。

組石細工のような……それが、ぎ、ぎ、ぎ、と不気味な音をたてて動いている。真ん中にぽっかりと空間があったのだが、音とともに塞《ふさ》がりつつある。

尋ねる声がかすれた。

「……なにを、……したのだ？　その石は、なんだ……？」

皇帝は耳障りな高笑いをやめない。

そのさまは、すでに狂気を呈している。

家臣たちも怯えた様子で声を震わせる。

「首相……音が、…音が、やみません……」

「このような轟音……まるで、宮殿が崩れているような……」

ぎ、ぎ、ぎ、と組石細工の動きと呼応するかのように、轟音も大きくなっていく。

羅剛は、はっとした。とっさに叫んでいた！

「逃げろっ！　引き返せ！　こやつは、いま、なにかした。たいへんなことが起きている！　安全なところまで戻るのだ！」

そこからは、阿《あ》鼻《び》叫《きょう》喚《かん》のさまとなった。

助けてーっ！

宮殿が崩れ落ちる！

上階からも凄まじい叫び声が聞こえてくる。

やはり宮殿が崩れ始めているのだ。

「羅剛さまっ！」

「馬鹿者！　おまえも逃げろ！」

「いいえ！　わたしは羅剛さまのおそばにおります！　いさせてくださいませ！」

羅剛は早い勢いで考えをまとめた。

皇帝はなにかの仕掛けを動かしたのだ。持っている石で。

ここは、たぶん宮殿の中央部。石の採掘場の真上。

……これが……王家の秘密か……。

頭が冷めてきた。冷めすぎて痛みすらともなうほどだ。

二指《し》ほどあった間は、轟音とともに閉じられつつあった。もう石を嵌め込むことはできまい。

ここが、この宮殿の主要部であったのだ。要《かなめ》の石を抜いたことによって、石造りの宮殿は崩れ落ちる。下の採掘場もろとも。

崩れ落ちてしまえば、採掘場で働く者たちの命はない。

宮殿で働く者たちも、逃げ遅れれば命を落とす。

羅剛はきつく唇を噛みしめた。

……このていどの仕掛けで。

たった、これだけの、幼稚極まりない仕掛けを動かすだけで、命を賭してまで他国に救いを求めに来た、あの殉難の士たちの志を葬り去れるのか。心根の美しい村人たちを屠《ほふ》ってしまえるのか。

ならば、王とはなんなのだ。

謬想《びゅうそう》に囚《とら》われていれば、そして『王』という立場でありさえすれば、なにをやっても赦されるとでも思うているのか。

物狂おしい怒りで、身が小刻みに震える。情けなさで涙さえ滲んでくる。

この馬鹿げた仕掛けだけを恐れて、この国の民は何百年も、皇帝一族の圧制に従ってきたというのか。

轟音は耳を聾さんばかりに響いている。

「お逃げください、王さま、御子さま！」

「崩れ落ちます、お早く！」

急《せ》かす声に振り向くと、天井が端から落ち始めていた。

「冴紗っ‼」

反射的に冴紗を抱きすくめ、上からの落下物から庇った。瓦礫《がれき》はいくつか肩、背にあたったが、幸い大きなものからは逃れられた。冴紗にもあたらなかった。

「羅剛さま……っ！」

「大事ない。だが、崩壊を止めねばならぬ」

あの石を抜いたことで、崩壊が始まった。

ならば、石に代わる固いもので穴を塞げば、いいのではないか？

素早く視線を巡らせる。

瓦礫では無理だ。大きさが合わぬ。もう半指《し》ほどしか空間は残されてはおらぬ。

そこで天啓《てんけい》のごとく思いつく。

……剣だ！

剣の柄《つか》をねじ込めば、仕掛けを止められるのではないか？

思いついたとたん、身体が動いていた。

みずからの腰の剣を抜き、柄を押し入れる。

かろうじて。

間に合った。

あとすこしでも遅れていたら、剣でも無理であった。

羅剛は、じっと耳を澄ました。

……止まった、か……？

しばし、音を探る。

音はしない。さきほどまでの轟音は嘘のようにやんでいる。

羅剛は、ほっと安堵の息をついた。

「大丈夫だ、冴紗。仕掛けはもう動いていない」

「はい。そのようでございます」


そこで――獣が咆哮《ほうこう》しているかのような声が、室内に響いたのだ。

「なぜ止めたのだっ⁉　なぜだっ？　他国の者などが、なぜ勝手に止めたっ？　これは、我が花爛帝国の、王族だけが使える絡繰《からく》りなのだぞっ？　いったいなんの権利があって、止めたのだっ？　なぜだっ、なぜだっ？」

怒りのあまり、駆け寄る。

羅剛は皇帝の頬を平手打ちしていた。

一発では足りぬ。返す甲ではたき、さらにもう一回、平手打ちした。

「貴様っ、国をなんだと思うておる！　国は、王の一存で滅ぼしてよいものではないわっ！　貴様のふざけた蛮行で、いったい幾人の命が失われると思うのだっ？　死にたいのなら、勝手にひとりで死ねっ！　人を道連れにするなど、言語道断だ！」

皇帝は打たれた頬を押さえ、床に座り込んでいる。

その無自覚な阿呆づらを見て、さらに瞋恚《しんい》の炎が燃え上がる。

「なんだ、その顔はっ？　貴様、頬を張られたことすらないのか！　それなのに、人の命は簡単に奪うのかっ？」

拳を握りしめ、怒りを抑えようとしたが、いやおうもなく身が震える。

X　聖虹使としての、冴紗の言葉

皇帝の襟首を掴んで引き摺るようにして、上階まで戻った。

あのまま地階に置き去りにしてもよかったが、剣を抜かれてしまったら、また仕掛けが作動してしまう。

首相たちは顔面蒼白の状態で、隠し扉の前に待っていた。

「安心しろ。仕掛けはなんとか止めた。もう、この男がだれかに危害を加えることはない。王族の秘密とやらは、俺が封じた。だが、とりあえず止めただけだ。いつ動き出すやもしれぬ。みな宮殿から逃げろ。採掘場で働く者がいるなら、その者たちも逃がせ」

「は、はい！」

足をもつれさせつつ、人々が動く。

皇帝には一顧だにもせずに。

羅剛《らごう》は、室内で慄然《りつぜん》と座り込んでいた女たちにも告げる。

「おまえらも逃げろ。頭がまだ働くのなら。地下牢の妃連中も、逃がしてやれ。もう、おまえらは自由だ。——さあ、動け！　ぼやぼやしていると死ぬぞ！」

女たちの目に光が燈った。

「……はい！」

「感謝いたします！」

「あなた方も、お早く！」

「ああ。俺たちは大丈夫だ」

「ですが、お妃さまもいらっしゃいますのに」

すこし笑いが出た。

「いや。これはこう見えて、なかなか剛毅《ごうき》な性格なのでな」

崩れ落ちるやもしれぬ地階で、羅剛とともにいると言ってくれた。

人の本心は、危険な際にこそ表れるものだ。


触れまわり、宮殿内に人がいなくなったことを確認してから、羅剛と冴紗《さしゃ》も、おもてへと飛び出した。

雪の降り積もる真白の世界に出て——ふたたび安堵の息を吐く。

外気はあいかわらず凍るようだが、その寒さすら心地よい。

ここまでのがれられれば安心だ。崩壊に巻きこまれる心配はない。

中庭には、大勢の者たちが身を寄せ合うように集っていた。

なんとか脱出できたようだ。

「さあ、どうする冴紗？　俺たちだけなら、飛竜《ひりゅう》を呼べばすぐにでも飛び立てるが」

羅剛の問いに、冴紗は即座に応えた。

「いえ。もう少々待ちましょう。すべての方の無事を確認しとうございます」

ふん、と笑いになってしまった。

「まあ、おまえならそう言うと思うておったわ」

ふいに。視線を動かし、冴紗は眉を顰めた。

その先を追い、羅剛は舌打ちしてしまった。

宮殿の外壁には数本の罅《ひび》割れがあったのだ。かなり大きなものだ。

「危険だな。いまは、かろうじて崩壊を食い止めてはいるが、俺の剣がいつまで持ちこたえてくれるのか、…ずっと要石の代わりになるのか、それとも、ほどなく折れてしまうのか……」

まさか、皇帝があのような愚行を働くとは予想外だったが、手は封じたのだ。この国の民も、もうやつの言いなりにならずに済む。

冴紗は、凛《りん》とした口調で言う。

「では、騎士団の方々を呼びましょう。逃げ遅れている方がいらしても、騎士団のみなさまなら、最善の働きをしてくださることでしょう」

羅剛もうなずいた。

「そうか。…そうだな。永均《えいきん》のことだ。たぶん、一日も置かずあとを追っているであろうから、すでに花爛《からん》には着いているはずだ。——しかし、どうやって呼ぶ？　この国の民でさえ、冬場は宮殿の位置がようわからぬと言うておったろう？」

近場に控えさせている自分たちの飛竜ならば、指笛で飛んでくるはずだが、騎士団の飛竜たちがいまどこにいるかもわからぬのだ。

羅剛は空を見上げた。

まさしく黒い夜だ。

一日、わずかに明るさが変わっても、黄昏《たそがれ》どきのごとき薄闇に包まれている。

そこで冴紗が宣するように、

「ならば、——火矢を使いましょう」

「火矢だと？」

「はい。この地には、七色の光を発する石がございました。神の思《おぼ》し召しでございましょう。あれを拝借し、七色の矢を天空へと飛ばせば、騎士団の方々に宮殿の場所を教えることができまする。目印となりましょう」

「火矢、ですか？」

問う声に振り向くと、首相はじめ重臣たち数名がまわりに集まっていた。

老首相は冴紗と羅剛を交互に見つめている。

「御子《みこ》さまが、火矢を射るとおっしゃるのですか……？」

「ああ」

「王さまではなく？」

「ああ。信じられぬ思いはわかるが、細腕ではあっても、これは国で随一、…いや、世で随一の弓の名手なのだ。俺ではできぬ。我が妃にしかできぬ技だ。…どうだ？　一本ずつちがう色の、七本の火矢を作ることができるか？」

「それは……はい、むろん、できます」

「俺たちの荷に弓矢が入っておる。それを使ってくれ」

「ですが、…空へと飛ばしても、火矢はすぐに落ちてしまうのでは？」

「この黒夜ですし、お国の方々も、火矢の目印では、心もとないかと」

戸惑いを含む問いに、羅剛はきっぱりと言い切った。

「いや。わかる。我が国の騎士団なら、どれほど遠くとも、それを目印にして飛んでくる。七色は、冴紗の印だ」

飛竜を見たことのない者には、たぶんわかるまい。

しかし羅剛は確信していた。

騎士団は、かならずや、助けに来る。

「そこまでおっしゃるのでしたら、お作りいたしますが……」

「では、頼む。急いでくれ」


待つあいだ、あたりに視線をめぐらせる。

そこで羅剛は、声に気づいた。


……ああ、…あちらにおいでになるのが、虹霓教《こうげいきょう》の神の御子さま……。

……なんとお美しく、高貴であられることか……。


湧き起こるささやきは、やがてすがるような色を帯びる。

さらには手を合わせ、冴紗を拝む。


お助けくださいまし、御子さま。

どうぞ、我らを哀れと思し召しでしたら、花爛帝国をお救いください。

ひとりひとりの声は、つぶやくような小声だ。しかし、さざ波となり、大波となり、羅剛と冴紗を取り囲んだ。

羅剛は、ぎろりとそちらを見てやった。

「むろん、助けるにきまっておろうが。虹霓教は慈悲深い宗教だ。冴紗は、その長《おさ》、神の子なのだからな」


雪の降り積もる宮殿の中庭である。

人々は、命からがら飛び出してきたはいいが、みな外套もなしの、着の身着のまま。寒さに震え始めていた。

なまじ宮殿内では汗ばむほど炎石を燃やし、薄衣をまとっていたため、容赦ない寒さに襲われているようだ。

雪は降りやむ気配もない。

薄暮のごとき視界をさらに煙《けぶ》らせ、いやおうもなく焦燥感を煽る。

……まずいな。崩壊から逃れたとはいえ、屋内に入らねば、人死にが出るな。

この寒さだ。一日外で過ごすだけで、まちがいなく凍え死ぬ。

羅剛と冴紗は、それなりに厚着をしているが、薄衣の城の女官《じょかん》たちなどは、身がもたぬだろう。

そうこうしているうちに、数人の男たちが駆けてきた。

火矢を作り上げたらしい。

「お待たせいたしました！　ご注文の物をお持ちいたしました！」

差し出す火矢は、七本。

ほんに、それだけ作るのがやっとであったのだろう。いつ崩れ落ちるか知れぬ宮殿内に立ち戻り、作り上げただけでも、天晴《あっぱれ》な根性だと褒めてやらねばなるまい。

「ようやった。あとはこちらに任せろ」

受け取り、冴紗へと差し出してやる。

「できるな？」

「はい」

「手が凍えてはおらぬか？」

仮面ごしにも、ほほえんだのがわかった。

「身と心が熱うございますゆえ。――どうぞ、ご覧になっていてくださいませ。みなさまも、…この国に、虹をおかけいたしましょう」

幾度も見ているが、弓矢を持った冴紗の神々しさは、眩いほどである。

身から赫奕《かくえき》と光を放ち、あたりの闇を払う。

弓を引き絞り――しゅっ、と。

鋭い風切り音だけをたて、矢は飛んでいく。

紫。
藍。
青。
緑。
黄。
橙。
赤。

わずかに角度を変え、矢継ぎ早に天空へと矢を放つ。
動きのたびに、光をこぼしつつ、冴紗の虹髪が舞い踊る。
息を呑むほどの麗姿。
そこにいるのは、まさしく神の子であった。
放たれた矢は、昏《くら》い空を射抜くように飛び、やがて放物線を描いて落ちていく。
人々は呆けたように天を見上げていたが、

「……みなさま、ご覧になって！」

「…………………色が、消えない………っ！」

不思議なことに、空にはくっきりと七色の虹が浮かび上がったのである。

それは、舞い踊る虹とはちがい、意志を持った虹。

赫灼《かくしゃく》と空を光らせ、この国の未来を照らす希望の虹だ。

どよめきが湧き起こった。

「ああ、……ああ、虹が……」

「……虹が、かかった。我が国にも、虹が……」

人々が流す滂沱《ぼうだ》の涙に、長かった苦難が察せられた。

羅剛はうなずきつつ、思う。

……やはり、冴紗は天帝の祝福を受けているのやもしれぬな。

正しき心根の者、清き行いの者には、神が手を貸してくださるのか。

本来ならばけっして起きぬような奇跡を、こうして冴紗は、かるがると起こしてみせるのだ。

ほどなく——聞き慣れた、羽ばたきの音が。
羅剛は空を見上げ、つぶやいた。

「来たか、永均」

降りしきる雪を割るように、翻る深紅。

むろん、騎士団長永均の外套の色である。

つづくは、騎士団の飛竜数十騎。

空を覆い尽くさんばかりの数がやってくるさまに、花燗の者たちは次々膝をつき、神の御救いがいらしたと、拝み始めた。

飛竜は一騎だけ、地に降り立った。

降りた永均は、足早に羅剛へと歩み寄り、片膝をついた。

いつもどおりの感情を抑えた錆声を放つ。

「遅くなり申した、王。――修才邏《いざいら》騎士団、ただいま到着いたしてござる」

「ああ。大儀であった」

永均は、視線で背後の二騎に合図をする。

騎士団員にかかえられるように、使者ふたりが地に降ろされた。

……おお。あやつら、とりあえず命だけは助かったのだな。

だが宇為俄《ういが》のほうは、やはり両足に布を巻かれていた。歩くことは無理なのか、騎士団員が肩を貸している。

群れていた人々のなかから、女がひとり駆け出してきた。

どれほどのあいだ幽閉されていたのか。足腰萎《な》えて、よろけるような足取り、それでも懸命に駆け、

「偉早悧《いさり》っ！　…ああ、偉早悧、無事だったのですね……っ！」

「姉上こそ、よくぞご無事で……」

ふたり手を取り合って涙に咽《むせ》んでいる。

偉早悧は、姉の背後の人々に向かい、苦渋の面持ちで詫びる。

「みなさま、……申し訳ありません。すべての使者を連れ帰ることができませんでした。華以桂《けいか》さまはじめ、八人が途中で力尽き……しかし、みな、ご立派な最期でありました」

庇うように姉が振り返り、言う。

「いいえ、…いいえ。よくやりました。みな、そう思ってくださることでしょう。…立派でした。あなたたちは、力の限り頑張って、お役目を果たしました」

人々のあいだから、涙ながらの返事がある。

「……ええ。お恨みはいたしません」

「……あなたたちのお陰で、この国は救われたのです。そちらにいらっしゃる御子さまと、王さまが、我が国をお救いくださいました。…どうぞ、ご自身をお責めにならないでください」

宇為俄のほうにも駆け寄る娘がいた。

「宇為俄！　宇為俄！」

宇為俄は歓喜に顔を輝かせた。

「間に合ったのだなっ？　おれたちは間に合ったのだなっ？」

抱きつく娘も、喜びの涙を溢れさせている。

「ええ！　間に合ったわ！　皇妃さま方も、みんなまだ殺されていない！　…お疲れさま宇為俄。ほんとうに、……ほんとうに、ありがとう……！」

固く抱き合うふたりの姿に、見ている羅剛の胸も熱くなった。

来た甲斐があったというものだ。

そこになって——ようやく羅剛は、気づいたのだ。

皇帝が雪の庭に座りこんでいたことに。

家臣たちも宮殿で働く者たちも、だれひとりとして視線をやらぬ。

見えてすらいないのではないか。

みすぼらしい小男。

皇帝の権威をひけらかさなければ、人々の視線すら集められぬ哀れな存在。

羅剛は、低く言葉を吐いた。

「永均、おまえの剣を貸せ」

むろん永均は、無言で腰の剣を抜き、手渡してくる。

座り込む皇帝に歩み寄り、羅剛は静かに告げた。

「痴《し》れ者が。俺も他国の愚王はさんざん見てきておるが、…貴様ほどひどい王は見たことがない。貴様の国の民に代わり、いまここで、俺が貴様を成敗してやろう」

剣を振りかぶる前に、毅然《きぜん》とした声が、引き留めた。

「お待ちくださいませ」

振り向くまでもない。

冴紗であった。

冴紗は凛とした姿で手を差し伸べていた。

「羅剛さま。剣をわたしに」

「止めても無駄だ。いくらおまえの頼みでも、それは聞けぬ。俺は、どうしてもこやつが赦せんのだ」

「いいえ。止めているわけではございませぬ。――わたしが手を下します。御身《おんみ》の尊きお手を、このような下賤な者の血で穢《けが》れさせるわけにはまいりませぬ」

心底驚いた。

「おまえが、か……？」

「はい」

「おまえは神の子として崇められる立場ではないか。おまえこそ、手を血で汚すわけにはいかぬはずだ」

顔色ひとつ変えず、冴紗は宣した。

「神の子を名乗る立場であればこそ、世に害成す暗君《あんくん》はこの手で葬らねばなりませぬ。わたしは、父の代理として、この地に降り立ちましたゆえ」

羅剛は、しばし啞然《あぜん》と冴紗を見つめた。

これほどまでに怒りをあらわにした冴紗を初めて見た。

怒りの焰《ほのお》が燃え上がり、あたりが紅蓮《ぐれん》に見えるほどだ。

……人の子であろうと神の子であろうと、やはり冴紗は世を統《す》べる覚悟の者なのだな。

なんと潔く、美しいことか。

「わかった。好きにせい」

羅剛に対しては、一度腰を折り、差し出された剣を受け取る。

次に冴紗は向き直り、剣先を皇帝の鼻先に突きつけた。

さえざえとした声で告げる。

「目をお開けなさい」

はっと、おもてを上げる皇帝。

「目が開かぬというのなら、耳を澄ませなさい。手を伸ばし、触れなさい」

おずおずと視線を上げた小男の、その瞬間に浮かんだ驚愕《きょうがく》の表情。

……ようやく冴紗の姿が目に入ったか。

虹霓教の信者でなくとも、冴紗の姿は光り輝いて見えるはず。

凄まじいばかりの虹の眩燿《げんよう》は、一気にあたりの闇を払う。

透きとおる声で、冴紗は語りかける。

「わたしたちは、生まれる場所を選ぶことができませぬ。風に飛ばされる種のごとき儚《はかな》き存在です。山の上に落ちるか、泥のなかに落ちるかも、種の身では選べませぬ。——そなたは、高い山の上に落ちた。ただそれだけの存在なのです。わたしも同様、…なれど、みな、その場で咲かねばなりませぬ。誠心誠意その立場を務め上げ、人々のお役に立たねばなりませぬ。…いま、このときにも、飢《う》えて亡くなる民がおります。その方たちとて、好きで飢える立場に生まれたわけではありませぬ。わたしたちは、それをけっして忘れてはならないのです」

見上げる皇帝の耳に、冴紗の声は入っているのか、いないのか。

表情に表れているのは、ただ美しいものを見ているという感動のみ。

はらわたが煮えくり返りそうであった。

……この期に及んで、あやつはまだ淫欲を起こしておるのか……っ！

むろん冴紗は、窈窕《ようちょう》たる美人ではあるが、鼻先に剣を突きつけられていても、あのような薄汚い表情を浮かべていられるとは……。

「民を守る者を、人は王と呼ぶのです。そして王というのは、みずから名乗るものではなく、ましてや血筋で成るものでもないのです」

つづく冴紗の声は、冷徹なまでに厳《つよ》かった。

「皇位を退きなさい。そなたには、王の資格などありませぬ」

驚くことに。

「………よかった」

小男は、そう応えたのである。

卑屈に唇を歪ませ、負け惜しみのごとき毒を吐く。

「皇帝になどなりたくはなかったのだ。好きで皇帝になったわけではない！　やめろというなら、余こそ大喜びだ！　…ああ、ほっとした。せいせいした！」

「ならばなぜ、みずから皇位を降りなかったのです」

咎める声に怒りが滾っている。

「だれかに命じられなければ、動くこともできなかったのですか。こうして、他国の、他宗教の者がやってこなければ、みずからの足では一歩も動かず、人々に圧政を強いていたわけですか」

唇を噛み、唐突に皇帝は雪につっぷした。

おいおいとわざとらしい号泣を始め、

「申し訳ございません！　お赦しくださいっ。もうお赦しください！」

「赦しを乞うのは、わたしにではありません。この国の民にです。そなたが殺そうとした、いま、わたしのうしろにいらっしゃる、宮殿のみなさまにです」

小男は上目づかいで憎々しげに家臣たちを睨み、また雪面につっぷす。

「……じい……どこにいるのだ、じい……？」

首相が静かに返事をする。

「はい。こちらに」

虚泣《そらな》きで恨み言を吐く。

「なぜ余が、これほどまでの辱《はずかし》めを受けなければいけないのだ。なぜ諫めてはくれなかったのだ？　…余は、詫びたぞ？　なのに、この者たちは余を赦さないと言うのだ。ひどいではないか！　余がなにをしたっ？　皇帝として立派に国を治めていたではないか！」

あまりの言い草に、首相も冷たく言い返す。

「お諫めいたしました。幾度も。けれどお聞き届けくださいませんでした」

「聞いていない！　余にわかるように言わなかったおぬしが悪いのだ！　家臣どもが悪いのだ！　余は悪くない！　余は正しい政《まつりごと》を行ってきた！　…殺そうとした？　そんなことはあたりまえではないか！　余の民だ。生かすも殺すも、余に権限があるのだ！」

冴紗は、言葉を発することもなく剣を振り上げた。

みな、息を呑んでなりゆきを見守っていた。

羅剛も、だ。

しかし、そこへ、

「お待ちくださいませ！　御子さま、待ってくださいませ！　後生でございます、どうかお待ちくださいませ！」

偉早悧の姉であった。

懸命に駆け、皇帝を庇うように膝をついた。

冴紗は無言。

「首を落とされるなら、わたくしめも、陛下とともに！」

「陛下を諌められなかったのは、第一皇妃であるわたくしの咎でもございます。このまま生きていても、しかたがありません。どうか、御子さま……」

羅剛は大きくひとつ息を吐いた。

冴紗に歩み寄り、手から剣を取り上げてやった。

「――もう、よかろう。おまえこそ、このように穢れた者を斬って、手を汚す必要はない」

永均に剣を返し、人々に言ってやる。

「首など落としはせぬ。…俺たちはな。おまえらが落としたいというのなら、好きにせい。おまえたちには、筆舌に尽くしがたい苦痛の年月であったろうからの」

人々はみな棒立ちのまま、言葉もなかった。

長い年月であったろう。

恨みも憎しみも、他国の者などが推し量れるものではないはずだ。

これからどのような判断を下すのか。皇帝を屠るのか、生かすのか。それは、この国の者に任せるしかないのだ。

「永均」

「は」

「まずは、人々を安全な地へと運んでくれ。このままでは寒さで凍え死ぬ。地下の要石を抜かれてしまったのだ。宮殿が崩れ落ちるやもしれぬ。急いでくれ」

「御意《ぎょい》」

騎士団の者たちは、羅剛と冴紗に一礼して動き出す。

……では、俺たちも飛竜を呼ぶか。

指笛を吹こうとして、羅剛は振り返った。

「ああ。ひとつだけ、俺からも言い置いてやろう」

第一皇妃に庇われた小男は、うつけたように座り込んでいた。

外気の寒さも、雪の冷たさも、もうなにも感じてはいない様子であった。

虚無しか見て取れぬ、洞《うろ》のごとき双眸《そうぼう》。

侮蔑と嫌悪を抑え込み、羅剛は言葉を吐いた。

「貴様のまわりの人々が、醜いか？　この者たちの心が、穢れておるか？　…貴様のために何年も牢暮らしであったろう、その第一皇妃が、貴様の命乞いをする。その志を愛でられぬか？　ありがたいとは思えぬか？　——ならば、貴様は、人ではない。畜生にも劣る最低の生き物だ」

想いを言い置き、羅剛はようやく指笛を吹くことができた。

XI　無事に侈才邏へ

人々は羅剛《らごう》と冴紗《さしゃ》に手を合わせていた。

どの者の頬も涙で濡れていた。

「お発《た》ちになられますか」

「ああ」

もう宮殿からは抜け出せた。騎士団が来たからには、あとを任せられる。

羅剛としては、一刻も早く冴紗を人目のない場所へと連れていってやりたかったのだ。

「お礼の申し上げようもございません」

「礼などいらぬ。それより、重い役目を果たした者ふたり、旅の半ばで力尽きた者たち、そして、おまえたちひとりひとりに、…俺は他国の王ではあるが、嘉賞《かしょう》を与えたいくらいだ。――いままで、ようこらえたの。先の世に幸あれと願うておるぞ」

滂沱の涙を流し、首相は嗚咽した。

「感謝、いたします。身に余る光栄でございます。……我々には、これから、しなければいけないことが山ほどございます」

「だろうな」

「御国《おんこく》の場所を、お教えいただけませんか？」

「詳しい位置は、騎士団長、…あの、赤い外套の者だ、あれに訊いてくれ。望みならば、我が国は援助もする。我が国の属国になりたいというなら、それも聞く。だが、まずは、…そうだな。炎石をしっかりと採掘して、僻村《へきそん》の村にも配ってやってくれ。食料もだ」

「はい。仰せのとおりにいたします」

「頼むぞ。我々は、漁村の民たちに、まことに世話になったのだ。礼を言うておいてくれ」

「はい。それも、仰せのとおりに」

人々の咽び泣きは、安堵のためか、亡くなった者たちへの追悼か。

……力を貸さねばなるまいな。

隠れていたとはいえ、花爛《からん》は虹霓《こうげい》教信仰《きょう》国であったのだ。大神殿の最長老たちも、援助をすることは吝《やぶさ》かではなかろう。

重臣のひとりが、なにやら差し出してきた。

「お発ちになられるのでしたら、どうぞこれを。炎石の包みでございます。国の者たちは、旅に出る際にこれを持参いたします」

「そうか。もらっていこう」

受け取ると、仄《ほの》かに温かい。

その温かさが胸に痛みを起こさせる。

偉早悧《いさり》たちとて、持って出たはずだ。それでも、凍る海はあまりにも広く、修才邏《いざいら》はあまりにも遠かったのだ。

騎士団の者が、荷を飛竜《ひりゆう》に積み込んでいた。

「おお、そういえば失念しておったわ。みやげに生花を持参したのだ。また積んで戻っても仕方ないゆえ、もらってくれ」

鉢を覗き込む者たちの顔が、明るく輝く。

「これは……！」

「この国でも、咲かせられるなら、種はいくらでも渡してやる。我が国の飛竜であれば、数日で往復できる距離だ。この国は、美しいものを愛でる、心根の美しい者たちの国だ。…みな、達者で暮らせ」

羅剛の言葉に、人々は涙を流しつつ、頭を下げた。

そして、――別れの挨拶もそこそこに飛竜の背に乗り、ようやく上空へと昇ることができた。

「さしゃ」

呼びかけても、冴紗は無言である。

「もう、よいぞ？　もう、人の目はない。かまわぬ。俺が抱き締めてやるゆえ、泣いてもかまわぬぞ」

待っていたかのように身をねじり、振り向き、冴紗は羅剛の胸に顔を押しあててきた。

仮面を取ってやり、抱き締める。

「ああ、…よい。ようやった。ようこらえたの？」

かるく背を叩いてやる。

「…………羅剛さま」

嗚咽を呑み込み、泫然《げんぜん》と涙を流している。

この謙虚すぎる人間が、さきほどの言葉を吐くために、どれほど苦痛を味わわなければならなかったか。

本来、人並み以上に感情起伏の激しい冴紗が、なにごとにも動じぬ神の子の演技をするのが、どれほど難しいことか、どれほどおのれを殺さねばならぬのか。

好きで他国に干渉しに来たわけではない。

冴紗も、好きで聖虹使《せいこうし》の役目を負うているわけではない。

「ようやった。おまえの働きで、花爛は救われたのだ」

「……いえ、……わたしではございませぬ。羅剛さまの御稜威《みいつ》でございます。わたしは、なにひとつお役に立てませんでした」

流れる涙を舌先で舐め取ってやる。

「いや。すべて、おまえの働きだ。おまえが、偉早悧たちの声を聞き、花爛へ赴くことを決めのだ。おまえが、あの国を救った。あの心清い漁村の村人たちも、おまえの働きで命が繋がった」

漁村と口にしたとたん、冴紗はさらに涙を溢れさせた。

「…………あの方々のご恩に、…報いることが、できましたでしょうか……?」

「ああ」

「子供たちも、……暖かく暮らせるように…?」

「ああ。俺がしっかり言い置いてきた。あの首相ならば、すぐに動いてくれるだろう」

「…………悔しゅうございます」

「なにがだ」

「あと、すこしでも早く、わたしが赴いていたら……まだ助けられた命があったやもしれませぬ。皇子さま方も、お健《すこ》やかに成長できたやもしれませぬのに……」

ふうっ、と肩で息をする。

「しかたなかろうよ。おまえはまだ二十歳で、あの国の崩壊は、おまえの生まれる前から、たぶん始まっておったのだ。…俺たちは、できうるかぎりのことをした。そう思うしかないではないか」

この、清らかな魂の者と。

あのおぞましき魂の者。

……上に立つ者で、国は変わるのだな。

羅剛の父、皚慈《がいじ》も残虐な暗君であったが、人を愛する心だけはあった。

父は、母瓏朱《ろうしゅ》のことだけは、狂うほど愛していた。

あの皇帝が修才邏の王族でなかったことを感謝するしかない。あのような醜き生き物が、自分の身近にいなかったことを。

帰りの飛行は、いやに早く感じられた。

道がわかっているせいか、休みも取らず、一足飛びで早駆けさせたせいか。

上空に飛竜を認めるやいなや、修才邏王宮の者たちは歓声を上げた。

「おお！　王と冴紗さまがお戻りだ！」

竜場《りゅうば》で降竜すると、宰相たちが我先にと駆け寄ってくる。

「心配いたしておりました。よくぞご無事で」

「永均《えいきん》殿より報告は受けておりましたが、王と冴紗さまになにかありましたらと、気が気ではございませんでした」

　議会の承諾も得ずに危険な他国へと赴いてしまったうしろめたさで、少々ぶっきらぼうな返事となってしまった。

「ああ。無事は無事だがな、……すまぬな。また国がひとつ落ちてしまうやもしれぬぞ？またおまえらの仕事を増やしてしまったようだ」

「……は？」

「花爛だ。たいそう極寒の凍土ではあったが、なかなかよい国であった」

「花爛帝国が……」

　顔を見合わせ、絶句している様子であったが、宰相は苦々しげに、

「私たちの仕事の心配などより、御身《おんみ》がたです。どちらかへ赴く際には、せめて騎士団をお連れください」

「ああ」

「国は、私どもだけではまわせません。王と、冴紗さまがいらっしゃらなければ、立ちゆかないのです」

　宰相の直言に、羅剛はしみじみと返した。

「……そうだな。俺には、こうやって諫める忠臣がいる。忌憚なく語ってくれる者たちがいる。それがどれほどありがたいことか、…今回のことで身に沁《し》みたわ」

宰相たちは驚愕の面持ちだ。つねは罵声しか吐かぬ羅剛が、いやに殊勝な口ぶりでそのようなことを言うたのだから無理もないが。

気を変えるように話を振る。

「そういえば、——花爛には、珍しいものがあったぞ？　火にくべると、七色に輝く石だ。…そうだ、冴紗、炎石の包みを出してみろ。花爛を出て二十刻以上は経とうというに、いまだ温かいのだ」

包みを渡すと、宰相は驚きの声を上げる。

「おお、これは、たしかに温かい！」

「その石を使って、ずいぶんと暖かな暮らしをしておったぞ。貧しいが、…心根のよい民たちが暮らしておった。ほんに、あの者たちを貧しいなどと言うべきではないほど、心安らかに清貧の生活を楽しんでおった」

豊かな国であった。

いまではそう思える。

よい旅であったのだ。行った甲斐があった。自分たちもまた、得がたいものを受け取れた。

「ということでな、——みやげ話は次の議会ででもしてやるから、今日のところは休ませろ。冴紗が疲れておる」

冴紗の腰を抱き、早々に花《はな》の宮《みや》へと向かった。


花の宮。

渡り廊下の手前から、女官《じよかん》たちが並んでいるのが見えた。

「お帰りなさいませ、王さま、冴紗さま！」

「いつお戻りになられてもよいように、湯殿もお食事も、きちんとご用意してありますわ」

変わらぬ明るい声。変わらぬ日々の会話。

胸に込み上げるものがあった。

ここ数日の苦労が脳裡をかすめる。

……ああ。無事に帰ってこられたのだな。

自分たちは、しっかりと役目を果たせたのだ。

夕餉の支度を整えつつ、女官たちはかしましく尋ねてくる。

「どのような国でしたの？　お寒くはございませんでした？」

「それで、王さま、いかがでしたの？　あちらの王を懲らしめてくださいました？」

「懲らしめた、というかのう……」

自分はさんざん怒鳴り散らしたが、それだけではない。冴紗までもが剣先を突きつけて

怒ったのだが……さあ、どこまで話せばよいのやら、と迷うているときに、

「なんてことでしょう！　お髪《ぐし》が、冴紗さまのお髪の艶《つや》が、少々翳っておりますわ！」

女官のひとりが、頓狂《とんきょう》な悲鳴を上げたのだ。

ほかの女官も駆け寄ってきて、次々尖り声を上げる。

「いやだ、ほんとうですわ！　お先のあたりの光が……！」

「もう、王さまがついてらっしゃったのに、きちんと保護をなさいませんでしたのっ？

髪油も、荷に入れておきましたのに！」

髪油を塗ってやるどころではない、牢に入れられたり、宮殿の崩壊から逃れたりの、とんでもない行幸であったのだが、あえて詳細にはふれずに、そらとぼけて答える。

「いや、できうるかぎりは守ったのだがな」

すぐさま噛みつき返された。

「できうるかぎりでは駄目なのです！　これですから男の方は！」

「冴紗とて男だぞ？」

「冴紗さまは、性を超越なさったお方です！　王さまとはちがいます！」

理不尽な叱責に、冴紗は困惑ぎみだが、羅剛のほうは笑いをこらえるのに苦労した。

……こういうさまを見ると、ようやく自国へ戻ってきたと実感できるわ。

なんとおだやかな、なんと愛すべき日常であろうか。

「王さま、お笑いになっていては困ります！」

呵々大笑《かかたいしょう》のまま、羅剛は女官たちに手を振った。

「わかった、わかった。次からはしっかり髪油を塗ってやるゆえ、このたびは許せ」


簡単に夕餉を済ませ、湯殿を使った。

寝所に入ると、冴紗はあきらかに悄然《しょうぜん》としている。

寝台に腰かけつつ、尋ねてやる。

「どうした？　疲れたか？　戻ってから、ほとんど口をきいておらぬな？」

指で冴紗の髪を梳《くしけず》る。

さらさらと。

虹の髪は掌を滑り、光を弾く。

さらさらと。

触れている手までが清められていくようだ。

「なんだ。いつもどおり綺麗ではないか？　俺には、艶が翳ったようには見えぬがな？」

冴紗はこちらを向き、きつく言い返してきた。

「わたしの髪など！　どうでもよいのです！」

「どうでもよくはなかろうよ。女官どもも怒っておったろう？」

「羅剛さまは、わたしをお庇いくださいました。宮殿崩壊の際に。…もしや、あの折、肩や背に、お怪我《けが》をなさっているのではございませぬか……？」

「怪我、というほどのものではないわ。なぜそう思うた？」

悲しげに眉を下げる。

「……今宵は、共湯を、と仰せになりませんでした」

「誘うと、いつも恥ずかしがるではないか」

「夕餉の際にも、お膝に、とはおっしゃいませんでした」

「まあ、…そうだな」

なおも眉を下げているので、苦笑になってしまった。

「なら言うてやるが、打ち身ぐらいは多少あるぞ？　見てみるか？」

服の前をはだけ、肩口を見せてやると、冴紗は顔面蒼白となってしまった。

「打ち身どころではございません！　このような傷を……なにゆえ、おっしゃってくださらなかったのです！」

たしかに傷にはなっていた。しかし骨に異常はないし、傷口も塞がっている。

「大騒ぎするほどではないわ。それに、動くのだから、よかろうよ」

「よくはございませんっ。御身は、尊き侈才邏の王でございますのに！　…ああ、すぐに気づいていれば、手当てをいたしましたのに……！　いまからでも、なにかしたほうがよいのでしょうか……」

　おろおろと寝台から立ち上がろうとしている。

　笑ってはいけないと思いつつ、笑みがこぼれてしまう。

「いいから、座っておれ。傷などいくらついてもかまわぬ。おまえを守りきったのだ。俺にとっては勲章のようなものだ」

「羅剛さま！」

「服を脱いでくれぬか、冴紗」

「……え……？」

　言葉が唐突すぎたのか、冴紗は瞠目してしまった。

「傷などどうでもよい。俺は、もう待てぬのだ。早うおまえと睦み合いたい。おまえは、ちがうのか？」

　冴紗は、透きとおる虹の瞳で羅剛を見つめ返してきた。

「ん？　どうした？」

　わずかに頬を膨らませている。

「……羅剛さまは、いつも…」

「いつも、なんだ？」

「…………わたしは、こらえておりましたのに……」

噴き出してしまった。

冴紗もまた睦み合いたいと思うていた、ということだ。

……ほんに、のう。

最初のころの、恥ずかしがって羞紅してばかりの冴紗も愛らしかったが、いまはさらに愛らしい。

「だが、おまえはいつもこらえすぎるからの。俺のほうが待ってはおられぬわ」

ぐいっと腕に抱き寄せ、唇を奪う。

「………んっ」

冴紗の唇は、どのような菓子よりも甘い。冴紗の舌は、どのような香料よりも薫る。

唇を離し、瞳を見つめると、睫毛に虹の涙がからんでいた。

冴紗は、ぽつりとつぶやく。

「無事に、……戻ってこられたのですね」

「……ああ」

「すべて、夢であったような気さえいたします」

「ああ。俺もだ」

「あの……」

「なんだ？」

「お手に触れても、……かまいませぬか？」

「かまわぬにきまっておろうが」

羅剛の手をおずおずと取り、唇を寄せる。

つつましい冴紗が、みずからそのようなことをしてくれる。羅剛の胸は高鳴った。

「手だけでよいのか？」

恥ずかしそうに、唇を嚙み、首を振る。

「……………いいえ」

冴紗は、すっと立ち上がり、しばし逡巡している様子であったが、やがて襟元に手をかけた。

命じたことを行おうとしているらしいが、やはり羞恥が邪魔をするらしい。

震える手でみずからの衣装を解き――冴紗は美しい姿をすべてさらした。

内から淡く発光しているような白磁の肌。髪は神々しいばかりの虹の眩耀を放って身を包んでいる。

幾度見ても、その眩さに慣れることはない。

羅剛は感嘆し、

「……まさに、この世のものとも思えぬ麗姿だな。服を着ておっても男を虜《とりこ》にしてしまうおまえが、そのような姿をさらしてしまったら、…ほんに、世の男どもは、いったいどうなることやら……」

自嘲まじりにつぶやいた言葉は、冴紗には聞こえていなかったようだ。

「羅剛さま」

寝台に膝をつき、ほっそりとした腕を羅剛にからめてきた。

「……はしたないまねをいたします。お許しを」

甘くかすれる声が、冴紗の昂りを表している。

冴紗は、そっと羅剛の頬にくちづけてきた。

肩口の傷跡にも。

いとおしげに、せつなげに触れるそのさまは、怯える幼子《おさなご》のようで、やはり羅剛のほうが耐えきれなくなった。

「馬鹿者が」

「………羅剛さま」

「そう煽り立てるな」

細腰を抱き締め、寝台に押し倒す。

「……ぁ……」

暴風に倒される花のごとき、あえかな声を立てるが、見上げる瞳は潤んでいる。

虹の飾り毛のなか、冴紗のあわいの果実は、愛らしく実り始めていた。

これほど美しい光景はないのではないかと、毎回感動する。

そして、毎度おなじことをつぶやいてしまうのだ。

「……俺だけが見られるのだな。おまえのこういう姿は」

人々の崇める聖なる御子《みこ》の、艶やかで淫靡《いんび》な姿。

「足を開け。開いて、おまえの夫に、おまえのもっとも恥ずかしい場所を見せろ」

わざとらしく睨んでみせる瞳もまた、愛らしい。

それでも冴紗は、素直に足を開いていく。

「…………はい」

欲望で喉が鳴る。

あわいに実る果実。背後に咲き染める花の蕾。

なにもかも淡く、虹の煌《きら》めきに霞《かす》む。

一瞬たりとも目をはずしたくない。羅剛は手探りで枕元の卓から香油の罎《びん》を取った。

蓋を開け、とろりと香油を掌に垂らす。

そして、冴紗の脚間に手を差し入れる。

「………あ、あ……」

後花に指先が触れただけで、冴紗は身を跳ねさせる。

「待っておれ。いま咲かせてやろうほどに」

幾度咲かせても、次にはきつく閉じてしまうつつましい蕾だ。香油のすべりを借り、そっとなだめながら開かせていく。

爪で傷などつけぬよう、ゆるゆると円を描きつつ、指先をくわえこませていくのだ。

「……んっ……んっ……」

冴紗は髪を左右に打ち振り、けなげに指淫に耐えている。

恥ずかしいのだろうが、羅剛としてはいつも陶然となる姿だ。

中指の第一関節、第二関節、と差し入れていくと、冴紗の声音も甘い色を帯びてくる。

「ああっ……あ、ああっ……」

指の締めつけがきつい。

羅剛の昂りは、もはや痛みすらともなうほどだ。

しばらく指で花筒をまさぐっていると、冴紗がせつなげな声を放った。

「……羅剛さまっ、……お赦し、くださいませっ……もう、……」

「欲しいのか？　待てぬか？」

「……いえ……」

「ねだらないと、わからぬぞ？　待てぬのか？」

ようやく、……はい、と消え入るばかりの返事。

「そうか」

いつもより早い。蕾はまだ咲ききってはいないが、心が欲してくれているのだろう。

羅剛とておなじ想いであった。

一刻も早く冴紗のなかに入りたい。

早急におのれの分身を摑み出し、――深く身を倒す。

「ああっ……あああああ………っ！」

猛《たけ》り立ったもので、花芯を貫くのだ。むろん反発はある。それでも腰を押し進めると、とろとろに溶けた熱い花筒は、待ちかねたように羅剛を包みこんでくれた。

「…………ああっ……羅剛さま、……ああっ……うっ…………んんんっ……」

冴紗は身を揉みながらも、甘いあえぎを噴きこぼす。

腹に温かい感覚があった。冴紗の果実はすでに熟しきり、後花への挿入だけで白蜜を溢れさせているようだ。

……ああ……蕩《とろ》けるようだ……。

全身に、快感の波が波及する。灼《や》け痺れるような熱さをともない、背筋を通り、四肢を駆け巡る。

この幸せ。この喜び。

羅剛は我知らず涙を溢れさせていた。

愛する者と肌を合わせるこの感動と幸福を、なんと言葉にすればよいのか。

「……冴紗」

ただ、吐息のように名を呼ぶだけだ。

冴紗もまた、快感で肩をあえがせつつ、自分の名を呼んでくれる。

「……羅剛、さま……あ、…ああっ、羅剛さま……」

恍惚《こうこつ》となりながら腰を振った。

冴紗のすべてを支配しているような、反対に冴紗にすべて受け入れてもらっているような、凄まじい多幸感に酔い痴れる。

あまり長くは耐えられなかった。

羅剛は冴紗のなかに、想いの丈を込めた飛沫《ひまつ》を噴き上げていた。


どちらもしばし忘我の境地で、瞳を見交わすまでときがかかった。

……ああ……温かいな。

なにも危険のない自国、おだやかで安らぎに満ちた花の宮。

おなじ褥で横になっているのは、愛する冴紗。

眠気を誘うほど、おだやかな心地であった。

冴紗の言うとおり、すべて夢であったような気さえする。

見つめる瞳のなかに翳を見出《みいだ》し、羅剛は手を伸ばし、冴紗の頬を撫でた。

「なにか尋ねたいような顔だな。…なにが訊きたい？　ん？」

「……いえ……」

想いを推測し、尋ねてみる。

「子ができぬことがつらくはないか、か？　おまえを妃として選んだことを後悔していないか、か？」

揺れる瞳。

「なんと答えてほしいのだ？　答えを聞かねば、俺の想いはわからぬのか？」

唇を開きかけ、だが、きゅっと引き結んでしまう。

思わず笑みが浮かびそうになる。冴紗としては真剣な問いなのであろうが、羅剛にとっては言わずもがなの答えしかない。

「本音を言うてよければ、…たとえおまえが子の産める身体であったとしても、俺は子などいらぬのだ」

冴紗は瞠目する。

「おまえの目が、ほかの者を映すのが耐えられぬ。おまえのその手が、たとえ我が子であっても、触れるのが耐えられぬ。…俺は、おのれでも自覚しておるが、たいそう妬心《としん》が強いのでな」

口を開きかけた冴紗の頬を、指先でくすぐってやる。

「優しいから言うておるのではないぞ?」

「ならば……」

言いさし、言い淀む。

「ならば、なんだ?」

「いえ……」

「なんだ? 俺とおなじことを言うてはくれぬのか? 子などいらぬ、生涯俺だけを見つめていたいと」

瞳にちがう色が浮かぶ。

……少々怒ったか? ほんにわかりやすいやつだ。

「お慕いいたしておりますと、幾度申し上げたらおわかりになりまする」

「わからぬな。俺は阿呆者だからな。わからぬから、幾度でも言うてくれ」

冴紗はわざとらしく睨みつつ、羅剛の手を取った。

口元に持っていくので、くちづけるのかと思いきや、なんとかるく歯を立てて羅剛の指を噛んできたのだ!

むろん大笑となってしまった。

「おお! 愛らしいのう! いまの仕草、俺はたいそう気に入ったぞ? おまえがそのような甘えたことをしてくれるとはのう!」

頬を染めつつ、冴紗はみずからの手を差し出してきた。

「ん？　俺にも噛んでほしいのか？」

なんと無邪気な甘え方をするのか。

傷つけぬくらいの強さで、そっと噛んでやると、——ようやく冴紗も笑みをこぼした。


それからしばし、ふたりで笑い合った。

安堵が心をかるくするのか、あとからあとから笑いがこぼれてくる。

「よい旅であったの」

「……はい」

過酷な冬の旅、命すら危うかったはずであるのに、なぜかいまとなってはよい思い出しか残っていない。

「美しい国であったのう」

目を潤ませて、冴紗はうなずく。

またあの地へ赴きたいと願っても、自分たちの立場では、もうそれは叶わぬことであろう。自分たちには、担わねばならぬ責務が山積している。

……俺は修才邏王であり、冴紗は王妃、さらには聖虹使《せいこうし》であるのだ。

職務を蔑《ないがし》ろにするわけにはいかぬ。

「夢のような、幸せなひとときでございました」

「そうだな」

そこで思いつく。

「あのときの、あの歌を、俺のためにも、歌ってはくれぬか？」

冴紗は困惑ぎみに眉を下げる。

「そのようなこと……羅剛さまがお召しになれば、歌の名手も、吟遊詩人も、喜んで参じましょうに」

「いや。おまえの歌が聴きたいのだ。恥ずかしいのなら、ふたりきりのときだけでいい。だが、本音で言うても、おまえの歌は美しかった。心が洗われるようであったぞ」

すると冴紗は、顔を輝かせて応えたのだ。

「はい。羅剛さまも、そう思われますか？　あの歌は、旋律と歌詞がたいそう美しくて、わたしも大好きな歌なのです」

つい噴き出してしまった。

「そういう意味ではないのだがな」

「……は？」

「いや、…いい」

花はおのれの美しさを知らぬ。だからこそ美しいのやもしれぬ。

嘆息のように冴紗は言う。

「わたしは……御身に、この感謝の想いを、どうお伝えすればよいのかわかりませぬ」

「感謝など、いらぬ。言うたではないか。俺はおまえの剣。おまえの盾。…それでよいのだ」

それだけで、よいのだ。

「なれど……なれど……」

「では、ほほえめ。俺を夫にして幸せだと言え」

驚いたように瞠《みひら》かれる瞳。

「できぬのか？」

「そのようなこと、…日々、思うておりますのに。…いえ、一刻ごと、思わぬときなどございませんのに」

ふふふ、と笑い、抱き寄せてやる。

「ああ。わかっておる。おまえがそう思うておるから、俺も命を懸けられる。おまえのためなら、なんでもできる」

羅剛の胸に頬をすり寄せ、しみじみと、

「冴紗は、果報者でございます。他国の王と接するたび、羅剛さまのお心の広さ、ご立派さ、…そして、凛々《りり》しさ、……なんと素晴らしいお方の妃とさせていただいているのかと、胸が熱くなりまする」

照れ隠しに、羅剛は自嘲を吐いた。

「この世の最下層である、虹の七色に入れなかった『黒』の王などに、ようもまあ、そこまで想いを寄せられるものだ」

冴紗は、怪訝そうな顔となる。

「……は？」

「ん？　なにかおかしなことを言うたか？」

少々身を離し、冴紗は真摯な面持ちで語り出した。

「黒は、たしかに虹の七色には入っておりませんが、ほかの偉大なお役目をいただいております。――聖典の始めに、神はまず地の金と銀で、天に光る玉を創《つく》り給う。そして、天にありて地を治めよ、と宣《のたま》います。そのあと、黒を地に置き、大地を支えよ、と宣うのです」

「ほう、そうなのか」

「はい。虹の七色ばかりが取り上げられ、名こそ虹霓教《こうげいきょう》と呼ばれておりますが、神は虹だけを愛でたのではございません」

「……そうか。他の者が言うたのなら、ただの追従と思うだろうが、おまえがそう言うのならば、信じよう」

「世のみなさまが、誤解をなさっていらっしゃるのですね……」

「誤解というか、…まあ、そうであろうな。俺としては、最下層でもかまわぬがな」

冴紗はなにやら考え込んでいた様子であったが、きっぱりと口にした。

「わたしが、するべきは、…いえ、いま心から願うのは、『黒』のお役目の尊さ、気高さを、世に知らしめたいということでございます。地がなければ天は成り立ちませぬ。支えがなければ、上は立てませぬ。ほかの方には申せませぬが……わたしは、空で輝く虹などより、地を支える黒の方々こそが、神より崇高なお役目を賜った、この世の要だと思うております。わたしは、虹霓教の真の教えを、世に広めとうございます」

そして、とつづける。

「わたしなどでも、赴けば、なにかしらの動きを起こせるのであるなら、人々のため、赴きとうございます。たったひとりのお命でも救えるものならば、…わたしの、この、神の子を騙《かた》る不遜な行為が、すこしでも贖《あがな》えるやもしれませぬ」

つくづく本音を吐いてしまった。

「おまえは、身を誇らぬのだな」

「誇る身ではございません。それに、…すべての立場で言えることでございますが、身を誇ったときこそ、身が堕ちるときでございます」

毅然とした物言いであった。

ふいに、花爛の皇帝の顔が思い浮かんだ。

あの孤陋《ころう》で歪《いびつ》な精神の小男。

あの皇帝と、もっと早くに語り合っていたら。

あの男も、心を打ち明けられる者がいれば、あれほどの蛮行には及ばなかったやもしれぬが、……なにもかも、過ぎてしまったことだ。過去は変えられぬ。死んでしまった者も、生き返りはしない。

だからこそ、為政者《いせいしゃ》である自分たちは、道をまちがってはならぬのだ。

自分たちは、指先ひとつで人を屠《ほふ》れる。民もおなじ人間であることを忘れてしまったときに、その国は崩壊へと向かう。

「もう、いま生のあるだれも、以前の聖虹使を知らぬのだ。…最長老も言うておったろう？　古いしきたりに囚《とら》われることはないと。おまえはおまえなりの『聖虹使』となればよい。布教にまわりたいのなら、どこへでも連れていってやろう」

冴紗の口元に浮かぶ笑みが、羅剛にとっては最高の褒誉《ほうよ》であった。

そこで、ふと思い出す。

「そうだ。忘れておったわ。二十一になったら、立聖虹使の儀も行わねばならぬな。おまえの生誕祭やら、あれこれ忙しいのう」

笑みを浮かべたばかりの口角が、見る間に下がる。

「意地悪を言うたか?」

ほんにわかりやすい。

閨での冴紗は、赤子のように素直だ。

「……揚げ菓子を食べさせてくださるとおっしゃいましたのに……」

恨みごとのようにつぶやく。

「欲のない」

「わたしにとっては、夢よりも、夢なのでございます。恋しいお方と、祭りに出かけ、市井《しせい》の民のように過ごすことは」

「そうだな。俺にとっても、夢だ。…他の者にはわからぬだろうがな、俺たちには、真実の夢なのだ」

つい悪戯《いたずら》心が湧く。

「ところでおまえ、金子というを遣うたことがあるか?」

突拍子もない問いに、冴紗は面食らったらしい。

「遣ったことは、……じっさいには、ございませぬ。ですが、父母が遣っているのを見たことがございます」

「やはりな」

「そういう羅剛さまは?」

「むろん、遣うたことなどないわ」

ふふふ、と同時に笑い合った。

ふたりだけがわかり合う想い。

抱き締め、くちづけながら、羅剛は冴紗にささやいた。

「おまえと重ねてきた思い出、ひとつひとつが、俺には宝物だ。これから積み重ねるであろうすべての出来事が、待ち遠しい。俺は、おまえといるだけで、……ほんに、ほんに、幸せなのだ」

「わたしも、でございます。羅剛さまといるだけで、冴紗は幸せでございます。御身とこれより先、出逢えるすべてのことが、待ち遠しく、楽しみでございます」

冴紗は恥ずかしそうに小声でつけたした。

御身が、冴紗のすべてでございます。幸せも喜びも、なにもかも羅剛さまが齎《もたら》してくださいました、と……。


おのれの荷は確実に重さを増している。

だが、泣き言は口にすまい。

どの花も懸命に咲いている。

冴紗の言うたとおりだ。自分たちは、ただ高い地に落ちただけの種子。泥に落ちた種子と、ちがいなどない。泣き言、恨み言など洩らしたら、申し訳が立たぬ。

いま、このときにも、飢《う》えて死ぬ者がいる。

それを忘れたときに、自分は『王』ではなくなる。

自分は、あの哀れな小男のごとき愚は、けっして犯さぬ。


「生涯、隣でともに咲いてくれ、冴紗」

「はい。…はい。嬉しゅうございます、羅剛さま」


おまえがいるかぎり、俺は強くいられる。

俺は、おまえが誇れる男であろう。おまえがつねに頼り、心から甘えることのできる男であろう。

それが、俺などを愛してくれたおまえに対する愛の証。

……我が麗しの妃よ。

おまえが、俺に愛を与えてくれた。愛を教えてくれた。

おまえがそばにいてくれるかぎり――俺は正しき王であり、正しき人間だ。

永均と瓏朱姫

自室で休んでいるとき、叩扉《こうひ》の音がした。

永均《えいきん》が住まうのは、兵士宿舎である。

本来、七重臣ともなれば戸建てを持たせてもらえるのだが、永均は独り身であるし、豪《ごう》奢《しゃ》な生活は性に合わぬため、あえて下級兵士らとおなじ宿舎で暮らしていた。

どんどんと、ふたたびの叩扉。

急《せ》かすような激しい叩《たた》き方に、しかたなしに腰を上げる。

開ける前から、だれかはわかっていた。

夜間、騎士団長の部屋を訪れることのできる者など、倭才邏《いざいら》国中探しても、ひとりしかいない。

扉を開けると、あんのじょう、

「寝ておったか？」

酒甖《びん》を片手の、羅剛《らごう》王だ。

「たとえ寝ていても、物音がすればすぐ目覚めるように訓練を積んでおりますのでな」

「だろうな。おまえの寝ている姿など想像もできぬわ」

「花爛《からん》の話でござったら、」

「花爛の話などではないわ。それだったら、週明けにも、宰相《さいしょう》と紫《し》省大臣が赴くことは聞いておる」

訊《き》くまでもなくわかっていたことだが、ため息まじりに永均は咎《とが》めた。

「いつまでもお子さまではないのですぞ。こちらへはおいでにならぬよう、…と、幾度申し上げても、御身《おんみ》の耳には届かぬようでござるな」

羅剛王は、にやりと笑う。

「わかっておるなら、わざわざ言うな。ほかに行くところがないのだ」

「一重臣だけを重用《ちょうよう》なされば、他の重臣方にしめしがつきませぬぞ?」

「みな、承服しておるわ。いまでも、おまえが俺のまことの父だと思い込む輩《やから》もおるようだからな。言い訳など、いまさらだ」

止める間もなく室内に入り、どかりと椅子に腰かけてしまう。

やれやれという気分で扉を閉め、永均も対面の椅子に腰かけた。

咎めだてはしても、席はつねに用意してある。

むろんじつの子であろうはずもないのだが、それでもこのお方は、いとしい瓏朱《ろうしゅ》姫の忘れ形見なのだ。

あの日……生涯ただひとり愛した姫は、生まれたばかりの赤子を永均に抱かせ、自死を選ばれた。

涙ながらにお止めしたが、姫の決意は固かった。

できるならあとを追いたかった。

あとを追い、黄泉路《よみじ》でも姫をお護《まも》りしたかった。

だが、いまわの際、姫は永均に下命なさったのである。


『そなたは父として、その子を護ってくれ』


燃え立つような紅蓮《ぐれん》の髪、森よりも深い緑の瞳。

気高く、聡明《そうめい》な姫であった。

十五で攫《さら》われてきて、八年ものあいだ狭い宮に幽閉されても、最期まで強いお心を保ちつづけた。

あの麗しき姫の面差しを忘れた日など、一日もない。

姫の最期のお言葉を忘れた日も、一日たりとてない。

泓絢《おうけん》国の姫君と、ただの、宮守りの下級兵士であった自分。

生涯想《おも》いは秘するつもりであった。

しょせん身分がちがう。さらに立場上、姫は永均の主君、皚慈《がいじ》王の妃。

しかし、想いを告げてくださったのは、姫のほうであったのだ。

『これは、そなたの子なのだ、永均。──知らぬのか？　女は、想いだけで子をなせるのだ。…なるほど、血と肉の親は、あの憎らしい愷慈であろうが──この子のまことの父は、そなたじゃ』

うっすらと笑み、お告げになられた言葉が、いまでも永均を縛っている。

最後の会話を聞いていたのは、姫の乳母《うば》殿だけ。

いま生きているだれも、姫のそのお言葉を直接は聞いていない。

そして……瓏朱姫は、小刀で永均の頰を切ったのである。

『妾《わらわ》は、この血、一滴《ひとしずく》だけもらっていく。生きて、生き抜き、…そなたが、この世での役目をすべて終えたとき、虹霓神《こうげいしん》の御許《みもと》で、ふたたび相まみえよう。そのときは、──そなたが、妾を攫え。そなたにならば、妾は、喜んで攫われてやろう』

互いの血と血を合わせるのは、姫の母国の、婚姻の風習だという。

あの日から──永均は、姫の忘れ形見のためだけに命を繫《つな》いできた。

それが、自分に与えられた使命なのだと。

追憶から立ち戻り、永均は深い感慨を持って羅剛王を見つめた。

……おちいさかった皇子が、大きくなられたものだ。

あれからもう二十四年が経《た》つのか。

光陰矢のごとし。まさしくそのとおりだと思う。

立派な王となられた。冴紗《さしゃ》さまという得がたいお方を妃とし、おふたりの治める修才邏は、いまや素晴らしい発展を遂げている。

羅剛王は室内を見まわし、

「あいかわらず、色気もそっけもない部屋だな」

永均は、棚から酒杯をふたつ取り、卓に載せた。

「色気もそっけも、いりませせぬのでな」

王は手酌で酒を注《つ》ぎ、一気に呷《あお》ると――唐突に話を振ってきた。

「昨日から泓絢の女王が来ておるのだが、母の墓に参りたいと言うのだ。…おまえ、明日、立ち会え」

さすがに面食らった。

「それがし、がでござるか」

「なにかおかしな話か？　おまえは赤省《せき》大臣で、騎士団長だ。泓絢女王とも面識がある」

「それだけではござらぬのでしょうな」

「ああ。むろん、それだけではない」

「明日は、兵士たちの訓練があり申すゆえ…」

「そんなものは、休め。おまえが見張っておらずとも、我が修才邏の兵士が訓練を怠《なま》けるはずがなかろう」

永均は嘆息した。

「なにを申しても、無駄なのでしょうな」

「ああ。あきらめろ。気が重いのはわかるがな。俺とて、祖母殿などとは会いたくないが、…しかたない」

王は早い勢いで杯を呷り、また杯に酒を注ぐ。

思わず窘《たしな》めていた。

「お過ごしになられぬほうがよいのでは？」

投げ捨てるような返事。

「冴紗がむこうだ。暇なのだ」

むこう、というのは大神殿のことである。

ふた晩ごとに、冴紗さまは大神殿と王宮を行き来する。

冴紗さまにお伝えする気はないが、いらっしゃらぬ間、羅剛王は、夜も寝ずの執務か、または酒に逃げられる。

……想い合い、結ばれても、まだ餓《かつ》えが治まらぬのだな、この方は……。

愛が深すぎるのも、つらいものなのかもしれない。

しかし生涯ただひとりを想う身は、おなじ。

それゆえ羅剛王は、永均を重用するのであろう。

「まことを言えば、…泓絢女王から、おまえを直々に名指ししてきたのだ。立ち会わせろと。立ち会いは、叔父《おじ》上と、伊諒《いりよう》と俺、あとはおまえだけだ」

「女王は、調印にみえられたのですな？」

「ああ。だが、冴紗がむこうに行っている。戻ってくるまで、正式な調印はできぬ」

「いかな王のご尊属といえども、道義に外れておりますな。それがしは、王族ではござらぬ。一重臣にすぎませぬぞ」

羅剛王は無言で永均の杯にも酒を注いだ。

「……おまえに会いたいのだろうよ。堅いことを言うな。わざわざ冴紗のいないあいだの来訪だ。調印はただの言い訳、まことの理由は、たぶん墓参《ぼさん》のほうだ。…国交が絶えて、娘たちの墓参りもできなかったのだ。国交が回復して、まずは死んだ娘たちに会いたいと思うても、しかたなかろう。………女蛟《おんなみずち》と恐れられる女傑でも、情は深そうだからな。孫の俺が言うのもなんだがな」

王は言葉をつづける。

「俺としては、祖母殿の気持ちもわからんではないのだ。愚王に攫われた娘に、じつは惚《ほ》れ合った男がおったのだ。母としてはさぞ嬉《うれ》しかったのだろうよ。人目も憚《はばか》らず号泣したほどだからな」

永均も一気に杯を呷いだ。

複雑な気分では、あった。

生涯秘しておく心づもりであったのに、はからずも隴 偕《りょうせい》殿の一件で、瓏朱姫と想い合っていたことを泓絢女王に知られてしまった。

……たしかに、先日は、涙を流して喜んでいてくださったが……。

しょせん自分は一兵卒。

女王の本心はわからぬのだ。

けっきょく王は明け方ちかくまで飲み、本宮《ほんみや》の私室に戻られた。

昼過ぎ、約束の刻限。

墓所まで参ると、ちょうど一行が到着したところであった。

羅剛王と泓絢女王。そして周慈《しゅうじ》殿下と伊諒殿下。

永均は深く一礼した。

陽《ひ》の下で見る女王は、ごく普通の老女に見えた。

大きな包みをかかえている。墓への供え物であろう。普通ならば近衛にでも持たせるはずだが、やはり身内だけのしめやかな墓参をお望みのようだ。

「おお。来たか」

女王は永均を見て相好を崩した。

「は。お召しと伺いましたゆえ」

「そう堅苦しく応えるな」

羅剛王が笑いつつあいだに入る。

「永均は、だれに対しても、いつもこうなのだ。気にせんでくれ、祖母殿」

羅剛王は先に立って歩み、墓石の前で足を止めた。

立派な墓である。花も絶えず供えられている。しかし、墓石はたったひとつである。

王は振り返り、墓を指し示す。

「祖母殿——ここが、母の墓だ。見てのとおり、王家の墓ではない。母だけは、こうして別の場所に葬ってある」

「瓏朱の望みか？」

「いや。俺が王となる前は、王家の墓に葬られていた。……が、宰相たちと話し合い、場所を移した。…父が死んだのでな。あの男とともに葬られては、母があまりにつらかろうとな」

「………そうか」

「叔母《おば》上の靏紫《れいし》殿は、普通に王家の墓に葬られている。このあとそちらへも向かうが――靏紫殿は、しっかりと周慈叔父上と想い合い、伊諒という子もなした。別の場所に葬る必要もなかろう、ということでな」

泓絢女王は、しみじみと言った。

「そうか。……ここが瓏朱の眠る場所か。…宰相というは、先日会った男だな。みな、…みな、ようやってくれた。瓏朱に代わって礼を言う」

瞼《まぶた》を閉じ、しばし女王はあたりを感じているようであった。

「風が薫る。…陽の暖かさが心地よい。……美しい場所に葬ってくれたのじゃな」

瞼を開け、見まわす。

「おう。花がいっぱいじゃのう。あの子は花が好きであったからのう。さぞ喜んでおるじゃろう」

墓石の前に膝をつき、女王は語りかけた。

「遅うなったな、瓏朱。母が、こうしてやってきたぞ？」

語る声は震えぎみだ。

「そなたの兄たちは、もうおらぬ。父も、龗紫も、もうこの世にはおらぬ。妾のそばには、隴偖しかおらぬ。…あの、しょうもない不肖の末息子だけが、……ああ、そなたは、直接は会《お》うておらぬのだな。そなたが攫われて、そのあとの子であるからの。…このたび、本来なら連れてきたかったが、修才邏王妃殿に不埒《ふらち》な行いをしたゆえ、置いてきた。…許してやってくれ、瓏朱。隴偖は妾がしっかり見張っておくゆえ、そなたは安心して、この地で眠っておくれ」

語り終え、立ち上がった女王の頬が涙で濡《ぬ》れていた。

だれに、ともなくつぶやく。

「………憐《あわ》れと思うてくれ。……娘ふたりに自死されてしもうた母じゃ」

いったい、だれが応えられよう。

みな黙したまま、女王の次の言葉を待った。

「いまとなっては悔やんでおる。生き恥さらすくらいならみずから死を選べと、妾は娘らに教えてしもうたのじゃ」

たしかに、瓏朱姫と龗紫姫は、どちらも自死なさった。

だが、だれにも止めようのない悲劇であったのだ。

多くの尊い犠牲の上に、いまの修才邏の平和はある。

泓絢女王は、母の声で語りつづけた。

「まちがえておった。…まちがいは、あとにならねばわからぬものじゃ。どれほど見苦しい恥をさらしても生きよ、…生きる恥などありはせぬ。みずから死を選ぶことこそ恥じゃ。苦しくとも生き抜いてくれと、……母はそう教えるべきであった。ふたりの娘を亡くしてから、ようやく気づいた。自死など選んではならぬ。…ならぬのじゃ」

女王の悔悛《かいしゅん》の言葉は、ついには縷々《るる》の涙とともに消え入る。

「なにもかも、母が悪いのじゃ……この母が………」

言葉もなく立ちすくむ人々のなか、

「いや」

きっぱりと応えたのは、羅剛王であった。

「それはちがう。我が母は、生きるために死を選んだ。そう聞いておる」

女王の顔に驚きが浮かぶ。

「……え……？」

「言い変えれば、子である俺の命を長らえさせるため、さらには、自分も生きるためだ」

「それは……」

「いや。詭弁《きべん》ではない。――じっさい、母は生きておる。この国の者たちの心のなかに。

前王を斃《たお》せと、兵を指揮したのは母であったそうだ。…俺は先日、他国の愚王を見てきた。民たちは、長年圧政に苦しみながらも、だれも声すら上げられずにいた。…人は、苦痛に慣れすぎると、おのれの足で立つことができなくなる。――母は、幽閉の身でありながら声を上げた。そして偉大な国母として、歴史にしっかりと名を刻んだ。母なくして、俺は存在しなかったし、いまの修才邏の繁栄もなかった」

王は静かにつけ加える。

「だが……生きていてくれたほうが、俺も嬉しかった。色を持つ弟妹が生まれ、俺が王とはなれなくとも、…やはり、生きている母と接していたかった。……いまとなっては情けない繰り言になってしまうがな」

これ以上にないお言葉であった。

泓絢女王にとっても、そうであったようだ。

女王は、ぽつりと返したのである。

「ほんに、……そなたは、大国の王であるのじゃな。瓏朱は、よい子を授かったものじゃ。妾も、よい孫を授かったものじゃ」

すると、唐突に周慈殿下が声を上げたのだ。

「僭越《せんえつ》ながら、申し上げます」

みなの視線が殿下に向く。

「我が妻、霾紫も、たいへんよい妃でありました。姉上の瓏朱さまを慕っていたため、そのあとの王位継承の問題で心を病みましたが……幸せな結婚生活でございました。伊諒も、羅剛王陛下には比べようもございませんが、次期国王の父となるべく、日々努力、精進を重ねております。――女王陛下におかれましては、どうぞお心をお痛めくださいませぬよう、…咎は、夫であるわたくしにもございます。わたくしこそ、妻の慰めとなれず、後悔いたしております…」

羅剛王が、先を止めるように、

「もう、よかろう。咎などだれにでもあるし、だれにもないのだ。のちの世に悔やんでもしかたがない。すべて過ぎ去ったことだ。…祖母殿にとっては孫の俺、次は、曾孫の伊諒の子が、修才邏の王位に就く。――未来は繫がった。嘆く必要はないのだ。俺たちは前に進むだけだ」

みな、静かにうなずくのみであった。

女王は、包みを開き、姫の墓前にさまざまな物を供え始めた。

泓絢の食物、愛らしい人形《ひとがた》など。

そこで振り返り、永均を見つめたのである。

「これは、――そなたに。幼きころの、瓏朱の絵姿じゃ」

差し出されたのは、額装された一枚の絵。

永均は、思わず一歩あとずさっていた。

「なぜじゃ？　もろうてはくれぬのか？　わざわざ国から持参したのじゃぞ？」

「……いえ、…それがしは……」

そのようなものを受け取れる立場ではない。

狼狽《ろうばい》する永均を見ても、女王はさらに絵姿を差し出してくる。

「よいのじゃ。そなたの立場など知らぬ。妾にとっては、娘が恋した男。それだけじゃ。これは母からの想いじゃ。受け取っておくれ」

羅剛王からも勧められた。

「受け取れ、永均。俺も、祖母殿と同意見だ。おまえ以外に、いったいだれがそれを受け取れるのだ」

狼狽と困惑で、手が震えたが、永均は恭しく受け取った。

見つめる。

はにかんだ笑みを浮かべた幼い姫が、描かれていた。

永均は唇を噛《か》んだ。

……初めてお逢《あ》いしたころの……。

あのころの瓏朱姫は、まだ少女の面差しであられた。

ありし日の姫の姿が、脳裏に浮かぶ。

この屈託のないほほえみを浮かべている幼い姫が、過酷な運命に翻弄《ほんろう》され、十数年後、自死を選ばれるのだ。

泓絢女王は、あちら側から絵姿を覗《のぞ》き込み、尋ねてきた。

「どうだ？　愛らしかろう？」

「は」

「美しく、聡《さと》い子であった。まさかあのような人生を歩むとは……そのころには、だれも思うてはおらなんだ」

喉の奥に熱いものが込み上げてくる。

……この方が、歳《とし》を重ねるさまを見たかった。

お救いできるのなら、どのようなことでもしたが、…羅剛王のおっしゃるとおりだ。すべて過ぎ去ったこと。残された我々は、前に進むしかないのだ。

女王は、つと言葉を発した。

「修才邏王よ。祖母の願いをひとつ聞いてはくれぬか」

「ああ。聞けるものならな」

驚くことに。

すっ、と手を挙げ、女王は永均を指差したのである。

「あの者を、――瓏朱の墓に。あの者が死んだら、ここに、ともに葬ってほしいのじゃ」

永均こそが驚愕《きょうがく》した。

「そ、それはっ」

自分は一兵卒である。気高き泓絢国の姫君、修才邏国王母であられる瓏朱姫とともに墓になど入れる身分ではない。

ところが、ふっ、と羅剛王は笑ったのである。

「承知した」

「王っ！」

「おまえの言葉など聞かぬ。これは、祖母殿と、子の、俺の望みだ。おまえが死したとき、母とともに眠らせる。文句は聞かぬ」

「……王……」

女王も、かすかに口元をほころばせた。

「これで後顧《こうこ》の憂いはなくなった。母としては、それがもっとも強い望みであったのでな」

泓絢女王は、ふたたび墓石の前に膝をついた。

おだやかな声で語りかける。

「幸せであったぞ。そなたらと暮らした日々は」

次は天を仰ぎ、天帝の御許に上がられた姫ふたりに語りかけるようにつづける。

「瓏朱、靇紫、……また、妾の娘として生まれてきてくれ。次こそは、…長く、親子むつまじい人生を、送ろうぞ」

さらに、永均に語りかけるように、

「そして……次は、この母の力で、かならずや恋する男と添わしてやろう。そなたは、愛する男の、子を産み、育て、長く長く、幸福な人生を送るのじゃ。…それまで、天帝の御許で、静かに暮らせ。ふたたび巡り会うまで、そなたの子、そなたの故国、そしてこの修才邏を見守っていておくれ」


永均も、墓にむかい、心中で語りかけた。

姫。いとしの瓏朱姫よ。

お聞きになられたか。

いま、この場をご覧になられていらっしゃるか。

いずれ天帝の御許でふたたび相まみえたなら、かならずや、…いや今度こそ、みずからの口で御身に愛をお告げいたす。


どうか、その広い御心《みこころ》で、我が国を守り給《たま》え。

御身がみずからのお命を賭けて王となさった羅剛王の行く末を、――どうか、末永く見守り給え。

あとがき

こんにちは。たいへんお久しぶりでございます。

『神官シリーズ』、お引っ越しをいたしました。

以前お世話になっていた出版社様の小説部門がクローズとなってしまったため、シリーズ途中でのお引っ越しですが、高永ひなこ先生にも引き続きイラストをお願いできることになり、まずは一安心でございます。

海王社の編集部の皆様、今まで本当にありがとうございました。

そして、二見書房の編集部の皆様、（ほかの作品ではお世話になっておりますが）あらためて、よろしくお願いいたします。

と、真面目なご挨拶をしたところで――お引っ越しをしても、あいかわらずのバカップルな主人公ふたりでございます。

羅剛《らごう》も、偉そうなんだかコケにされっぱなしなんだかわからない状態で、命がけで守ったにもかかわらず、女官《じょかん》たちには、冴紗《さしゃ》の髪のキューティクルが剝《は》がれた（ちょこっとだけ）ことを責められるという哀れさですが、本人近頃Mっ気が出てきたようなので（笑）とにかく冴紗がそばにいるだけで幸せらしいです。

あ、『祭りの揚げ菓子』というのは、こちらの世界で言うと、小振りのサーターアンダギーが七個串に刺さっている、ようなものです。一見するとお団子風にも見えます。油で揚げてあり、砂糖がかかっているので、味はオールドファッションドーナツっぽいかも。

揚げ菓子にかぶりつき、口のまわりを粉砂糖まみれにしている冴紗は、いかにも似合わないのですが、本人にとっては幼いころからの憧れのお菓子なのです。

ところで。

以前、吉田通信という無料配布ペーパー50号に書いた話、もう在庫がなく、お客様から「ぜひどこかで再録を！」というご要望がありました。

じつは、吉田の他作品のキャラも出てくるうえ、かなりのバカ話で普通には収録できないので、飛竜《ひりゅう》たちの登場シーンだけをあとがきにちょこっと入れてみました。

リーリアというのは、他作品のキャラで、おしゃべりなお〇まドラゴン、ロムラムもお〇ま黒豹です。

でも、人語が話せたら、本当にこんなこと愚痴ってそうですよね、飛竜たち（笑）。


魔法で人語を話せるようにしてもらい、酒までふるまわれた飛竜たちは……


飛竜《ひりゅう》たち、目を白黒させて、口もパクパクさせていたが。

えへんえへんと咳《せき》ばらいして、『人語』をしゃべれるのがわかると、一斉に歓声を上げた。

「おお！　人の言葉が話せるぞ！」

「これはすごい！」

「俺もだ！　話せる！」

群れから、一頭のオスが進み出てきた。

「我らは神国侈才邏《いざいら》の、聖なる『飛竜』である」

そのオスは、軽く振り返り、背後でふんぞり返っている一番立派そうな一頭を翼の先で示し、

「あちらにおいでになるのは、畏《おそ》れ多くも修才邏国『羅剛《らごう》王陛下』の飛竜、そして横にいらっしゃるのは、先日ご結婚なされた王妃殿下『冴紗《さしゃ》さま』の飛竜である」

飛竜たちは、初めて話せたのがそうとう嬉《うれ》しいらしく、ざわざわと語り合っている。

「よいものだのう！　人語を話せるというのは！」

「同感でござる。我らも常に人語を話せれば、どれほど楽か……」

リーリアが耳敏《みみざと》く聞きつけ、尋ねた。

「あら、お偉い『飛竜』さま方なのに、なにか言いたいことでもあるわけ？　ご主人さまたちに？」

ごほんごほん。あ、いや、べつに……とか、わざとらしく咳をして、彼らは言葉を濁す。

「まああ！　ここでは誰も聞いてはおりませんわ。気をお楽に、飛竜の皆さま。ほら、ロムラム、お酒でも出してさしあげて！」

「ええ！　そうでございますね！　お酒でも召し上がれば、皆さまのお口も軽くなるで

しょう！」

で。そこからは、宴会になってしまったのだ。

酒とつまみが、どど〜〜んと出され、それ呑《の》めやれ呑めどんどん呑め、ってな感じだ。

酒なんか呑んだことがなかったのだろう。飛竜たちは最初おっかなびっくりで口をつけていたが、——すぐにものすごく気に入った様子で、あとはがっぱがっぱと呑みだした。

そうなると、人も竜も同じだ。いい心地になった彼らは、岩場にあぐらをかき、日々の鬱憤《うっぷん》を吐き出し始めたのだ。

「偉いといっても、我らも苦労しておるのじゃ」

「さよう。なんといっても羅剛王がのう……。じつに困ったものでのう……」

酒の力は凄《すご》いものらしく、竜たちはペラペラと語りつづける。

「我らの仕事は、人を乗せて運ぶことなのだが、…修才邏の羅剛王はのう、俺の背中の上で、いちゃつくのだ。冴紗さまと」

「あらまあ！　王さまと王妃さま、あなたの背中でイタしちゃうわけっ？」

「いや、まだしっかりイタしたことはないのだが……ぎりぎりのことはしょっちゅうだな」

「でも、空の上でしょう？　危ないじゃない！」

うむうむ、と王さまの竜、うなずき、

「そうなのだ。とにかく、背中でやってられると、飛ぶのに気が散るし、いつ落としてしまうかと、気が気ではないのだ」

すると、横からちゃちゃちゃが入る。

最初に話した竜だが、もうすっかり酒で出来上がっちゃったらしく、敬語も使わない。

「なにを申す！　おまえなどまだよいではないか！　背中なら、見えまい。だが我ら、背後をお守りする竜騎士団員の竜たちは、それを見ながら飛行せねばならぬのだぞ！　とんでもない目の毒だ！」

「さようさよう。ひどく大変なのだぞ、あれは！」

そこへ、静かに酒を呑んでいた王妃さまのメス竜が、小さく話し出した。

「落としそうだというのは……私も、前々からおそろしゅうございました。冴紗さまをお落とししてはと、…ですけどあの方、言ってはなんですけど、騎竜がおへたなのですわ……」

わっはっは、と竜たちは笑う。

「しかたなかろう。冴紗さまは大神殿勤めで、正式な騎竜の訓練も受けていらっしゃらぬのだ」

メス竜はぶつぶつ言っている。

「そのうえ、お衣装も、ああですし……」

「あのひらひらした服は、王のお好みであろう？」

「ですけど！　民や騎士たちの前などで、もし万が一冴紗さまのお裾でもまくれさせてしまったら、…私、羅剛王に殺されてしまいますわ！　ですから、そっと、そぉぉ〜っと、降りなければいけませんのよ？　風の強い日など、本当に怖いですわ！」

飛竜たちは大笑いだ。

「確かにの！　いくら『聖虹使《せいこうし》さま』で『王妃さま』という聖なるお方でも、普通、騎竜用には裾のまくれぬ衣装をお着せするはずなのだがな」

「王は、いつでも自由にまくれるよう、冴紗さまにあのような衣装を着せつけておるのだろうよ」

「だが、ご自身でまくるのは大好きでも、他者に冴紗さまのおみ足など見せたら、本当に手打ちにされてしまうだろうよ。王の、冴紗さまに対する熱愛と独占欲は、凄《すさ》まじいからのう！」

飛竜たちは笑いつつ、しゃべりまくる。

「いっそのこと、けして落ちぬように騎竜用の椅子でもくくりつけておいてくれたほうが安心だな」

王の飛竜が肩をすくめる。

「ならば、寝台もお頼みしたいくらいだな。いつ背中でイタされるか、俺としてはひやひやものだ」

「背に寝台をくくりつけて飛ぶのか？　それを見ながら、我らは笑わずに飛べるかのう？」

わっはっは。と、風が巻き起こるほどの大爆笑だ。

そうして、飛竜たちの酒宴はいつまでもいつまでもつづいたのであった……………。

ということで。最後までおつき合いくださって、ありがとうございました。
すこしでもお楽しみいただけましたら幸いです。
では、またお逢《あ》いできますように！

吉田珠姫　拝

吉田先生
「神官は王を惑わせる」
発行おめでとう
ございます♡
出版社が変わっても
引き続きイラストを
任せて頂けて
とても幸せでした。
ありがとうございました♡
✿高永ひなこ✿
冴紗がもこもこに
されるシーン めっちゃ
かわいかった
ですね…♡
ほかほか
てきぱき
いそいそ
冴紗は
たいそう
きゃしゃで
あるゆえ
防寒具は
軽く!!
あたたかく!!
肌ざわり良く
見映え良く!
うらきもう
しっとり
なめら
らごうさまが
こだわりぬいて作らせたかと
思うと ほっこりします♡
妄想すみません…

本作品は書き下ろしです

吉田珠姫先生、高永ひなこ先生へのお便り、
本作品に関するご意見、ご感想などは
〒101-8405
東京都千代田区神田三崎町2-18-11
二見書房　シャレード文庫
「神官は王を惑わせる」係まで。

CHARADE BUNKO

神官《しんかん》は王《おう》を惑《まど》わせる

2022年5月20日　初版発行

【著者】吉田珠姫《よしだたまき》

【発行所】株式会社二見書房
東京都千代田区神田三崎町2-18-11
電話　03(3515)2311[営業]
　　　03(3515)2314[編集]
振替　00170-4-2639
【印刷】株式会社 堀内印刷所
【製本】株式会社 村上製本所

落丁・乱丁本はお取り替えいたします。
定価は、カバーに表示してあります。

ISBN978-4-576-22058-1

https://charade.futami.co.jp/